江戸の花魁と入れ替わったので、花街の頂点を目指してみる

七沢ゆきの

富士見L文庫

目次

※本作はフィクションです。作中の医療行為は絶対に真似をしないでください。これらの記述はあくまで物語中のものであり、医療情報として保証されたものではありません。

序章　もしかして：吉原《よしわら》

「山吹《やまぶき》どん、山吹どん、なにがありんした。姉さんになにかありゃあ、わっちらもただじゃあすみんせん」

え……え……なに……？

「梅《うめ》、気付け薬をはよぅ、はよぅ……！」

大声に驚いて目を開けたら目の前に日本人形が二体いました。
ちょっと待ってなにこれ。うちのキャバクラの和服イベントは先月無事に終わったはずだけど?!

「ああよぅござんした」

「あい、桜《さくら》姉さん」

え、もしかして日本人形が喋《しゃべ》ってるのはマジモンのありんす言葉……？

これ店のイベントじゃないの？

日本人形二人が畳の上に寝てたあたしの体をうんしょと声をかけて起こす。

……体、重てぇー！　頭も重てぇー！

しかもあたしまで日本人形になってるー！

「山吹どん、倒れてお髪《ぐし》が乱れんした。ちぃと失礼いたしんす」

「梅は器用で羨ましんす」

「わっちは桜ほどの器量がありんせんから……技で身を立てる女郎になりんすえ」

日本人形の小さな手がぺたぺたぐいぐい髪をいじくる。

それをにこにこ笑いながら見てるもう一体の日本人形。

それより！　それより！　誰かあたしにこの状況を説明してー！


あたしは琴屋杏奈《ことやあんな》。

職業は和風キャバクラ『大奥』ナンバーワンの山吹。

山吹なんてだっせー名前だと思うけど、ここの店の源氏名はみんな古典花の名前だからしゃーない。

あたしのオヤジは下っ端ヤクザでチンケな抗争で死んで、母さんもあたしを大学に行かせるために働きすぎて死んで……だからあたしは母さんのためにも勉強しまくったよ。いい大学に入って首席で卒業。オヤジの血のせいで高校まではヤンキーの番を張りながらね。

でも……いくら学歴で箔《はく》をつけても、オヤジも母親も保証人もいない。その上、オヤジが抗争で死んだヤクザの娘なんか、母さんが望んでたまともで大きな会社じゃ相手にしてもらえなかった。

母さんが命を懸けてまであたしにやってくれたことは無駄だったんだ。

あたしは泣いて、それから決めた。

キャバ嬢になって、金と人脈貯《た》め込んで、史学の勉強できる大学院に行き直して、なりたかった推したちの研究者になってやる。

日本の史学極めてやる！　元ヤン歴女舐《な》めんなよ！　ってね。


でもマジで江戸時代に来れちゃうなんて……！

あああああ！　推しのあの方と同じ時代とか尊すぎてしんどいです……！

ってその前に。

今のあたしの状況を把握しないと。

ありんす言葉を話してるならここは江戸の吉原。

目の前にいる日本人形二人はたぶん遊女見習いの禿《かむろ》[001]だ。

それで、禿を二人つけられてるあたしは……あたしが習ったことが間違ってなきゃ超人気の花魁《おいらん》か太夫《たゆう》！

え？　マジ？　すげくね？　すげくね？　歌舞伎町ナンバーワンよりすげいし！

と、これから来る苦難も知らずにあたしはわけのわからないテンションになっていた。

[001] 花魁附きの少女。花魁から吉原のことや芸事を教わり、生活の面倒を見てもらうなどしていました。振袖新造を経て花魁になることが多いです。本来は振袖新造も花魁につくのですが、都合上本作ではついていません

第一話　江戸時代には来れた。でも推しはもういない

「桜《さくら》、梅《うめ》、わっちは一人で考えたいことがありんす。呼ぶまで琴の稽古でもささんせ」

とりあえず、あたしはなんとかありんす言葉で二人に話しかける。

歴女やっててよかった……！

ヤンキー時代、『総長がまた漢字ばっかの本読んでる』ってよく副長にからかわれたけど『好き』を貫いて本当によかった……！

ああ……推しさま……今ならあたしも推しさまの横に座れるかも……！

あ、それは置いといて。

自分の部屋なのに持ち物の場所なんかがわからなくちゃ怪しすぎる。

とりあえず、この桜と梅の二人に部屋から出て行ってもらって状況を把握しよう。

それにしても、人気花魁につくだけあって、桜も梅も可愛《かわい》かったたな。たくさんの花飾りや簪《かんざし》で飾られたつぶし島田と豪華な着物の相乗効果で、二人とも人形みたいだった。

ただ、名前の通り、桜の方が華やかで梅の方はしっとりした可愛さ。ぱっと見て気が強

そうなのは桜だけど、ガチで芯がしっかりしてるのは梅だね、間違いない。伊達《だて》にキャバでナンバーワン張ってないからこういう判断には自信がある。

「では、わっちらは下がりんす。なんぞあればすぐお呼びくんなんし」

すすす、と衣擦《きぬず》れの音を立てて桜と梅が部屋を出ていく。

どこに行ったのかが全然わからないのが怖いけど……まあ、おいおい慣れてくしかない。

琴の稽古をさせたのは、あたしが部屋の中でごそごそしたり慣れない着物のせいで転んで物音を立てても気づかれないためだし。

さてまずは文机《ふづくえ》の上にある書きかけの手紙……草書体キター！

でもこんなの怖くないもんね！

推したちの遺《のこ》した手紙を読むために奥の細道から草書体の読み方の勉強を始めて……芭《ば》蕉《しょう》って隠密《おんみつ》だったって説もあるんだよね……あ、これもし、この時代で証拠を見つけられたらすごいことじゃね？ね？

いやまあ落ち着こう。ここはあたしにとっては萌《も》えグッズで埋め尽くされたような部屋だけど、萌えるのは後にして。

文机《ふづくえ》の上にあったのは、現代でいうラブレター。つまり懸想文《けそうぶみ》だった。あたしの職業的にいえば営業メール。

ただ、これであたしが『花魁』だということがわかった。

そして、花魁に禿を二人つけるようじゃ、この時代にはたぶんもう太夫はいない。

「そうすると徳川《とくがわ》中期から後期か……」

えー！　じゃあ、いちばんの推し、いないよおおおお！

もう死んでるよおおお！

真田信之《さなだのぶゆき》[002]さまあああああ！

あたしは心の中で絶叫しながら、こんなところまでついてくる自分の運の悪さを呪った。

でもまあ気を取り直して。

あたしはフンフンと鼻歌を歌いながら文箱《ふばこ》の中身を改めているところだった。

急に機嫌がよくなったのは、お客さまからの手紙をしまってあった手箱の中に、土屋《つちや》さまからの手紙を見つけたからだ。

土屋一族……！　それはうちの中では最大の歴史のミステリー……！

なんつってもいちばんイケてるのは武田《たけだ》家腹心の家臣だった土屋昌恒《まさつね》さま！　没落してみんなが見捨て始めた武田勝頼《かつより》に最後まで付き従うんだ。武田家滅亡の引金を引いた織田&徳川VS武田家の天目山の戦いでも、勝ち目がないと知りながら「主のためになすること」と獅子奮迅《ししふんじん》の千人切りをしたあとに自分も戦死。

002　関ヶ原の戦いで敵味方に別れた真田家を存続させた賢君。領地では良い統治をし、領民にも愛されました。関ヶ原の戦いのあと、信幸から信之に改名していますそう、戦死。

エモい……！　エモすぎる……！

超武士じゃん！　ヤバ、思い出すときゅんとする……！

そのときの様子を絵図にしたのも見たことがある。雲霞《うんか》のごとき敵の大群に、刀を振りかぶって応じる土屋さまと武田についた最後の忠義者たち。

あたし、泣いちゃったもん。ケンカ無敵で鉄火のアンナって呼ばれてたあたしがさ。

しかもそのあと甲斐《かい》を支配した家康《いえやす》もまーイケてるんだよね。

なんとか脱出した昌恒さまの子どもの忠直《ただなお》さまを家康が超信頼してた武田家系の側室、阿茶《あちゃ》の局《つぼね》に面倒を見させるし、自分も会うし、藩まであげちゃうし。

こういうのってやっぱ戦国時代独特の武人への敬意なんだろうなー……いやもっと狙いはあったんだろうし、その辺のとこも大学院で調べたかったんだけど。

でもそのあとのミステリーなのが[003]改易された土屋さまがしれっと将軍になった徳川家と縁戚関係になってたり、なのに[004]要所でもなんでもない小藩の藩主で終わったこと。

最後の土屋さまの当主なんか徳川慶喜《よしのぶ》の弟よ？

ラストショーグン・ブラザーよ？

もうこれは土屋さまは隠密か[005]草だとしか思えないじゃん？

その土屋さまがあたしのお客！　どんな史学者もできなかった当事者へのレポートがで

きる！

……いや、少し落ち着け、自分。でも、まさか第二の推し一族の手紙が出てくるのは予想外だった。

文箱の中身をざっと読むに、どうやら山吹《やまぶき》は『勝山《かつやま》』路線で売ってた花魁らしい。

あ、勝山っていうのは、私娼《ししょう》の湯女《ゆな》から太夫にクラスアップした伝説クラスの太夫。見た目嫋《たお》やかな超美人、でも気が強くて男勝りってとこが受けて最後は伊達公に身請け[006]されたってすごい人ね。今でいうギャップ萌えってやつ？

ならあたしでもいけそう。

あたしの売り方もギャップ萌えだった。おっとりした見た目と高学歴、でも中身は鉄火のアンナのまんまってね。

まあそれだけじゃナンバーワンにはなれないからいろいろ工夫もしたけれど……。

そのときことんと合わせた着物の胸元からなにかが落ちた。

「え、これ」

003 お家御取り潰しのこと。身分を取り上げ、大名であれば城を含む藩も取り上げられます。事実上の一家断絶です

004 土浦藩。現代の茨城県にあります

005 地域に根付いたスパイ。命令がない限り何もしないままその土地で一生を終えることもあります。なので、地面に生えた草のようだと言うことで「草」です

006 遊女屋に遊女の代金を支払って自由の身とし、自分のものにすること。吉原から早く出たい遊女の憧れでもありました

それはあたしが、身を守るために離すことがなかった大事なものの入った箱だった。

現代の――あたしが。

あたしは恐る恐る厚めのファンデーションケースのように見える箱を開いた。

「嘘《うそ》……でしょ？」

……やっぱり！

指先サイズのスタンガン、アフターピル、抗生物質のＰＴＰが数シート、性病検査キットの紙、その他いろいろ……それから……母さんの残した指輪。

こんな商売してるとどんなヤバい男に当たるかわからない。

同伴ついでに拉致られそうになったことも、無理やりヤられそうになったこともある。

そんなときのためにいつも持ち歩いてたギミックだらけのあたしの大切な箱。

てことはここはやっぱり現代？

店の仲間たちに日光江戸村にでも連れてかれた？

あたしは慌てて窓の格子から下を見下ろす。

いや、やっぱりここは江戸だ。

だって日光江戸村に棒手振《ぼてふり》や、髪をまともな勝山髷《まげ》に結った女たちが歩いていると思う？

そのとき、窓辺にあった小さな鏡を見てあたしはヒッと悲鳴をあげて膝をつく。

鏡の中のあたしも、花魁だから当たり前だけど、歯に黒く鉄漿《かね》をつけていた。

でもそれより驚いたのは、その顔が元のあたしのままだったことだ。

「山吹どん、なんぞありんした！」

「申しつけお破りして申し訳ござりんせん！　されど山吹どんには敵がおりんす！」

さささささ、と小走りにどこからか現れた桜と梅が部屋に駆け込んでくる。

「なんもありんせん」

あたしはできるだけ優雅に笑ってみせる。

「ちょいと足が痺《しび》れんしてな。この山吹が恥ずかしいことでおりんすわぁ」

座るのも商売のうちでありんすのにな、と付け加えて。

「それより、桜、梅、わっちの顔、昨日となんぞ変わりはありんすえ？」

「ありんせん。吉原《よしわら》一の山吹花魁のかんばせ[007]でござんす。のぅ、桜姉さん」

「あい。されど……わっちらなら内々にすましんす。山吹どん、疱瘡神《ほうそうしん》[008]に魅入られたとでもお思いなんしか？」

「桜姉さん！」

007　顔
008　死亡率の高さと生き残っても水疱瘡のあとをさらにひどくしたような跡が残り、将来を悲観して自殺するような女性もいたことから、非常に恐れられ「神」の名前を病名のあとにつけることがありました

「無礼は承知でござんす。天下の山吹花魁でも疱瘡《ほうそう》神は避けては行きんせん。わっちらもうまい口を作りささんす。はよぅ寮で養生を……」

「恐ろしいことを申しんすの、桜」

はっと顔を上げた桜が、コロコロと笑ぅあたしを見て表情を緩ませる。

「されど二人の忠義、嬉《うれ》しゅう思いんす。なぁに、女は鏡を見るたび自分の顔が気になるもの。それもあとはもぅ大年増になるだけのわっちなら、その気持ちもわかりなんしえ？」

ごまかせたかな。

だって！　だって！

あたしの宝箱にあたしの顔。だけどここは江戸時代であたしは花魁《おいらん》。

びっくりするに決まってるじゃん！

あたし、体ごと江戸時代に来ちゃったの？

てか、山吹さんってあたしのそっくりさんなの？　マジ?!

「ほぉれ梅、山吹どんはいつもの山吹どん。梅は気ぶっせいで困りんすなぁ」

「気ぶっせいとは酷《ひど》い言いよう。おいらは山吹どんの身が……桔梗《ききょう》がまたなんぞ……」

「桔梗花魁。悔しゅうてもおいらたちはそう呼ぶのがここの掟《おきて》」

「……あい。桜姉さん」

なるほど。あたしのライバルは桔梗花魁で、梅の口ぶりだとかなりの性悪だと。

……性悪ったって鉄火のアンナほどじゃないだろうけどねえ……！

「桜姉さん、山吹どんが悪い顔で笑っておりんす」

「いつものことでござんしょう。なぁに、その気風の良さと俠気《きょうき》が山吹どんでござんす」

「気風とはまた違うような……」

二人の会話を片耳で聞きながら、あたしはさっきのやり取りで気になった部分を脳内再生する。

『疱瘡神に魅入られたとでも』

もしあたしの予想が当たってるなら……あたしはこの世界ではチートな体とアイテムを持ってる。

でもそんなあたしにも一つだけ勝てない恐ろしいもの。

疱瘡。現代語だと天然痘。

009　体調の悪い遊女を休ませるための施設。とは言っても下位遊女は入れず、高位遊女が使いました。抱えぬしの性格にもよりますが、売れっ子ならば多少の無理を言って寮に下げてもらい休むことも可能でした
010　おばさん
011　気づまり

江戸時代、なにより恐れられていた病気は『労咳《ろうがい》』つまり結核、それに疱瘡だった。

結核は死に至る不治の病。疱瘡は死なずにすんだとしても、顔や体に炭をまぶしたようにひきつった酷い痕跡が残る者が多いとして。

あたしの体が元の琴屋杏奈《ことやあんな》のものなら、BCG、日本脳炎、その他諸々《たもろもろ》、日本によくある伝染病の予防接種は全部してる。

でもその中で唯一してないのが天然痘の予防接種『種痘』だ。

当たり前だ。一九八〇年にWHOが天然痘の根絶宣言を出してから種痘はなくなった。

病気そのものが消滅したんだから予防する必要もない。

でもここ江戸ではよくある流行病《はやりやまい》で、現代人でまったく天然痘ウイルスに触れたことがなかったあたしが触れれば……天然痘患者の使った毛布でコロンブスに壊滅させられた原住民のように、ひどい症状を起こすのは間違いない。

「山吹どん、わっちらはまた下がった方が良うござんすか……？」

梅がおずおずと聞く。

「気が変わりんした。桔梗に負けぬためにも寮に下がり一度芸事《げいごと》を見直しんす。桜と梅もついてこれるよう手配ささんすが、異存はござんせんか」

「良いもなにも、わっちらは山吹どんについていくだけでありんす」

「あい。桜姉さんの言うとおりでござんす」

「ならば良うござんした」

あたしは余裕の笑いを浮かべながら、頭の中では細い知識の綱を必死で繋《つな》ぎ合《あ》わせていた。

種痘がないなら自分で作ればいい。

寮に下がるのはそれにには時間がかかるから。

失敗して天然痘になったらって？

誰かにうつされて恨みながら死ぬより、自分のせいで死んだ方がマシ！

実は天然痘ワクチンを作るのはペニシリンやなんだを作るのなんかよりはずっと簡単だ。

しょっぱなに打たれるヤツが死ぬ覚悟と引き換えならね。

文系のあたしだってジェンナーの種痘の作り方ぐらいは知ってる。

江戸末期には日本人も種痘を始めたし、明治期になれば政府が種痘を率先して広めた。

それは、種痘が生ワクチンだから。

生ワクチンは薄めた病原体を接種することで小規模な感染を起こし、それにより抗体を作って体に免疫をつけるもの。

最初の種痘は、末梢牛の乳搾り女が天然痘にかからなかったことを知ったジェンナーが、牛痘にかかった牛の水疱《すいほう》からウィルスだらけの液体を取り出して人間にぶち込んだんだ。

ただ、生ワクチンの怖いところは、それが本物の病原体だから体の中でどこまで暴走するかわからないところ。

もちろん現代の日本の生ワクチンはよほどのことがない限り発病しないように不活化調整されてる。

でも今からあたしがやろうとしてることは、医者も製薬会社もかかわってない。ゆーて、ずぶの素人が人痘の浸出液を薄めて自分にぶちこむ——弾が五発入ったロシアンルーレットの引金を引くようなもの。

桜の言うとおり疱瘡神に魅入られて死ぬかもしれない。死なずにすんでも顔も体もめちゃくちゃになり花魁どころじゃなくなるかもしれない。

ヒリヒリするねえ。こんなときやっぱりあたしはオヤジの娘なんだと思うよ。

極楽への道があるならそれが地獄と二分の一の確率でも進んでく——。


「山吹どん、桜、梅、改めて入りんす」

「おいでなんし。寮に出養生する手筈《てはず》はわっちが整えんした。ただ……わっちにもできないことがありんすえ。それを桜と梅におがみんす」

「山吹どん、頭をあげてくんなんし。わっちらは山吹どんの世話をするのが務め。なんでござんしょう」

「桜と梅は疱瘡神にはもう行き会ったかえ？」

「あい。わっちは腕に、梅は肩口にすこぅし跡が残るだけですみんした」

ビンゴ！

この子たちはもう天然痘にかかってる！

天然痘は終生免疫だ。一度かかったら二度とかかるることはないはず。

てことは、この子たちは天然痘患者に接しても感染はしない。

「では遠慮なく申しんす。鳥屋[012]《とや》の中の疱瘡の女郎の吹き出物を切り、中の水をこの中に入れてきておくんなんし。ちょうどこの人差し指くらいまで」

山吹の座敷《ざしき》の棚にあった、当時では高価だろうガラスの小瓶を取り出す。

化粧水でも入れてあったのか、水を入れて逆さに振ってもほとんど漏れることはないいい品だった。

きっと上客が山吹の気を引くために贈ったんだろう。

え、江戸時代に化粧水なんかあったのかって？

薔薇《ばら》の花、ゆーてもこの時代には現代みたいな薔薇はないから現代人には薔薇には見えないような野ばらの花だけど、や、薬草を蒸留して希釈した高級品から、へちまを絞っただけのへちま水まで、江戸時代にはもう何種類もの化粧水があった。

012　高位遊女は病気になれば環境のいい吉原の外の寮に行けましたが、下位遊女は鳥屋と呼ばれる部屋の中にまとめて放り込まれました。天然痘ならば鳥屋にも入れず生きたまま捨てられた可能性も高いです自分も女だけど、綺麗《きれい》になりたいという女の願いは時代を超えるみたいだ。

「疱瘡の女郎……？」

「あい。疱瘡神は一度行き会えば二度は会わぬ神。桜も梅もかかりんせんから安心なんせ。ただ瘡《ばいどく》の女郎と労咳《ろうがい》の女郎には近寄っちゃあなりんせん。できんすか」

桜と梅がしばらく沈黙する。

当たり前だ。この時代ではまだ天然痘の感染や抗体の仕組みなんて解明されてない。

そうだよね。怖いよね。ごめんね。

「……無体を申しんした。わっちが自身で行きんす」

幸い、天然痘ウイルスはアルコールに弱い。焼酎ならこの時代でもあるから、それの超濃いのを買って口元を覆う布と手袋にしみこませれば感染リスクは減らせるはずだ。

「行っちゃあなりんせん！」

「桜？」

「わっちが行きんす！　畜生腹《ちくしょうばら》の鬼子二人拾っていただきんした御恩、わっちは一度も忘れたことはござんせん！」

「桜姉さん……行くならわっちも。山吹どんに御恩を返せる日がようやっときなんした」

畜生腹……？　鬼子……？

……そういうことか！

桜と梅は双子だったんだ。それで捨てられたのを山吹がなにかの理由で拾って禿《かむろ》にした、と。

まあ、その事情はあとで聞くとして……。

「ありがとうございりんした。されど、わっちがさきほど申しんしたのはまことのこと。桜にも梅にももう疱瘡《ほうそう》神は近寄りんせん。山吹花魁、小指[014]をかけて誓いんす」

よし、道具は揃《そろ》った。

桜が集めてくれた天然痘患者の水疱の中の浸出液、梅が集めてくれた大量の長い針、消毒用に吉原《よしわら》で手に入るいちばん濃い焼酎。

013　当時は多胎児は動物（畜生）の生まれ変わり、心中者の生まれ変わりとして嫌われ、多胎児を産んだ女性は畜生腹と罵られることがありました。もちろん根拠のない迷信です

014　遊女が誠意を見せる最後の武器。自分の小指を切って相手に渡します。「ゆびきりげんまん」の語源とも

度数なんてわからないけど、江戸時代の焼酎はカストリ焼酎だったはず。つまり、三合飲めばぶっ潰れるきっつーいヤツ。

それに茶さじと水の入った小皿と懐紙。

こんなものでもBCGの真似事《まねごと》はできる。理論上は予防接種になるはずだ。

だから……あとひとつ必要なのは、覚悟。

なあに、そんなもの、あんたの娘に産まれたときからとっくにできてるよ、オヤジ。

あたしは着物をずらして片肌をむき出しにする。

そう、あたしは右利きだから、左肩に接種する。

糸でくってささらにした針をそこに合わせて、針先が全部肌につくようもう一度調整して……。

それから茶さじでガラス瓶の中の液体をすくい、小皿の水に混ぜ合わせた。

う、と声が漏れるのがわかる。

これは現代ならフォート・デトリック[015]とロシアの軍事研究所だけに厳重にしまい込まれてる代物だ。

日本でも……いや、世界中でも、危険すぎて検体の保存すら禁止されたウィルス。

持ってるのは万が一のパンデミックの時のためと互いの牽制《けんせい》のために二大国だけ。

日本じゃ東大のお医者さんでも実物は見たことがないかもしれない。

そんな危険なものがあたしの目の前にはある。

でも、それでもこれは、これからあたしがここで生きるために、花魁《おいらん》のてっぺん取るために……。


それに憧れの推しに会うために必要なの！

真田さま、土屋さま、井伊《いい》さま、本多《ほんだ》さま！　あたし、絶対に会えるようになりますから！

特に恋文をくれた土屋さま！

ああ……推しに「会いたい」って言われるなんて！　歌を詠んでもらえるなんて！　もしかしたら推しに生で会えるかもしれないなんて！

015　アメリカ最強の細菌ウイルス研究所。ちなみに、ユーサムリッドという対策部隊もあります歴女の悩みはみんな「推しがリアルに死んでる」なのに！

なのにあなたさまに会えるあたしは世界一幸せです！　もう死んでもかまいません！

いや、あたしも会いたいから死にませんけど！

土屋さまと仲良くお話しする自分の姿を思い浮かべながら、ちゃぷりと針先を小皿の液体にひたす。

フォートト・デトリック？　ユーサムリッド？　人類最悪のウイルス？　あたしの命？

そんなもん推しに比べたら軽いもんよ！

「さぁて、生きるか死ぬかの大博打《ばくち》、鉄火のアンナの度胸の見せ所だよ！」

ささらになった針先がぐさぐさと肩を刺す痛みに唇をかみしめながら、あたしはさらに針を肩へと食い込ませた——。

「痛《つ》ぅ……！」

思わず声が漏れる。

対人間の殴りあいにばかり慣れたあたしは忘れてた。

人間の痛点のほとんどは皮膚の浅いところにあること。

しかも針には異物がついてるから！　しみる！　しみる！

でもここは落ち着いて静かに針束を抜いて……どこにもウイルスだらけの針束の先がつ

かないように。

よし。針に血はついてない。皮膚に針でできた点々の傷はついてるけど、血の玉がぷつぷつ盛り上がってたりもしてない。これは大事だから鏡でしっかり確認。

とりあえず予防接種の基本の皮下注は成功した。

あとは刺したところを触らず乾燥させて、乾いたらサラシで巻けばいい。

それから、ゆっくり、ゆっくり、針束を懐紙の上に載せてその上から焼酎を思い切りそそぐ。

ウイルスを薄めた小皿にも。水疱《すいほう》の中の浸出液を入れてきたガラスの小瓶にも。

天然痘ウイルスはアルコールに弱い。

このまま近寄らずに置けばいい。大丈夫。すぐに死ぬ。

「大丈夫だ」

あたしは鏡に向かってにっこり笑う。

「大丈夫だ。推しに会うまであたしは誰にも負けない」

それに、桜と梅なんて守らないといけないものもできちゃったしなあ……。

畜生腹の子供じゃ山吹の後ろ盾がなけりゃ、すぐに端《はし》[016]にでもされちゃうだろうからな

016 自室もない下位遊女です

あ……。

ったく、なに考えてたんだよ、山吹花魁。あーあ、これじゃヤンキー時代に戻っちゃったみたいだよ。

でも、嫌な気分じゃない。

鏡の中のあたしは相変わらず上機嫌そうに笑ってた。

うん。嫌な気分じゃない。

さて……弾五発のロシアンルーレット、成功したかどうかわかるのは天然痘の潜伏期間が終わる十二日後まで。

かといってそれまで寝てるなんてのも鉄火のアンナのあたしの性《しょう》には合わない。

果報は寝て待て？　じゃあ走っていけば倍の果報が手に入るってことじゃん？

それに折角の寮での休暇、だらけてるなんてマジありえんし。

ちゅーわけで、あたしは梅と桜に芸事《げいごと》の師匠を呼んでもらって、ここでもあたしの実力が通じるか見てもらうことにしよう。

茶道華道舞踊それに詩歌音曲《しいかおんぎょく》！　花魁のたしなみは歴女のたしなみ！

奇跡が起きて推しに会えるのを信じて習っといてよかった！　だって奇跡起きたもん！

でももしそれが花魁として通用しないレベルなら、寮にいる間に徹底的に叩《たた》き込んでもらえばいい。あたしのライバル、桔梗がいないこの場所で。あたし、根性には自信があるんだから。

ヤンキーでも学校の成績でもてっぺん取ってきたんだからね。たいていのことじゃ泣きは入れないよ。

「これにて幕は上がりんした。戦《いくさ》はじめとささんすか！」


稽古が一通り終わり、一人で卓の前に座っていたあたしは拍子抜けしていた。

いい意味で。

あたしの習ってきたことはちゃんと全部ここ江戸でも通じた。

いや、むしろ前より垢抜《あかぬ》けたと褒められたりもした。

ちょっと待て花魁。

きみらは芸事を極めた江戸のアイドルだったんじゃないのか、とツッコみたくなったあと、あたしは気づいた。江戸と現代じゃ教え方が全然違うんだ！

現代にはきちっとマニュアルのあるレッスン、わからないことは即ググれるネット環境があって、参考文献だって楽譜だってお金を出せばすぐに手に入る。

教わるのも師匠の弟子なんてことはない。いつも師匠に直接教えてもらえた。

あたしは読み書きそろばんはこの時代の人よりできるし、文系なことは大学でしっかり四年間勉強させてもらったし。

でもここじゃ、技術は見て覚えろで、大事なことは口伝《くでん》、本は木版《もくはん》刷りで大量生産できないから貸本頼りが主だし……。ちゅーか流派の詳細を書いた本なんか普通の弟子には見せてもらえない。しかも師匠が忙しければ弟子が代稽古に来て……。

勉強だって庶民は普通は[017]手習《てならい》師匠《ししょう》止まりだしね。

ありがとう現代！　ありがとう義務教育！　でも複素数とΣはいまでも嫌いです！　文系なんで！


「山吹どん、茶を持ちんした。少しお休みなんせ。根《こん》を詰めると体に障りんす」

高校時代の数学への恨みにつらつら思いを馳《は》せていると、ことりと目の前に茶托《ちゃたく》に載せられた茶碗《ちゃわん》が置かれる。

桜がにこりと笑っていた。

「ほんに山吹どんの常磐津《ときわづ》はいつ聴いても見事。美々《びび》しゅうてわっちは羨ましゅうござんす」

「さよでござりんすなあ。わっちはとこ[018]に華がないと言われんす」

梅はすこし寂しそうに微笑う。

てかあたしに茶托なんていらんしー！　ってゆーてもこの子たちは「姉さんの茶でおりんすから」とか言うんだろうなあ……。

「梅は声が細いのが珠《たま》に瑕《きず》でござんす。山吹どんを見習いなんし」

「さよう言いなんしても、なにやら声が喉に詰まりんす」

「では、わっちが教えささんすか」

「え」

桜と梅が顔を見合わせてきょとんとしてる。

「なんぞ不思議でありんすか？」

梅の、声が喉に詰まるという言い分、なんとなくわかる気がしたから。

梅は桜に比べて少しだけ細身。だから、もともと声量が少ないのに、それを補う喉の使い方や腹式呼吸を習ったことがないんだろう。

あたし？　お稽古以外にもアフターのカラオケで鍛えまくってましたから！

「山吹どんにそたあことまでささんすこと、とても、とても……」

017　寺子屋のこと。江戸では寺子屋でなく手習師匠と呼ばれていました

018　いつも

「それこそ気ぶっせいなことを申しんすなぁ。わっちでは梅は不服かえ」

「そんな……不服などのうござんす！　げにげにありがとうござりんす！」

それから、なんとなくこっちをじーっと見てる桜にも視線を移して。

「桜もともにささんせんか」

「あい！」

桜が首がもげそうな勢いでうなずいた。

寮に来て十日目。

天然痘の潜伏期間のリミットはあと二日。

だから、もし賭けが失敗して推しに会う前に五発の弾丸に頭をぶち抜かれても、この子たちに『姉女郎の山吹』としてなにかを残せたらと……そう思ったんだ。


「二人とも良《い》い声になってきんしたなあ」

気持ちよさそうに新内《しんない》流し[019]を唄う桜と梅を、あたしはまぶしいもののように見る。

二人一組で謡う新内流しは、その曲調とあいまって桜と梅にぴったりだった。

「山吹どん、ありがとうござりんす。わっちがこのような声を出せるなど……山吹どんにはなんと礼を申しんしたら良いか……言葉もありんせん」

「わっちも梅に成り代わりて礼をいたしんす。ありがとうございりんした」

「桜も声の扱い方、ようなりんしたえ。ただ声が大きいだけでは殿方の心は動きんせん。情がなさしんすばそのあたりの歌い女《め》と同じこと」

そ。男女逆だけどホスクラ[020]のラスソン[021]と同じ。

客のための嘘《うそ》でも、ラスソンにはオキニのホストの気持ちがこもってる。だからうちは高いボトルを死ぬほど入れてラスソンを狙う。それを音階は完璧でも歌詞を読み上げるように歌われたら二度とその店には行かない。

花魁《おいらん》を指名するような人間も、ラスソン狙いくらいの高い対価を払ってるんだから、床《とこ》の技だけじゃなく、そういうところにも気を配んないとね。

「あい。山吹どんの言いささんすこと、心に刻みんす」

「梅は情はありんしたが声がなさんした。これからは姉妹揃《そろ》って足らぬところを調《ととの》えていきなんし」

「あい。桜姉さんとともに精進いたしんす」

「山吹どんの禿《かむろ》となれたこと、わっちらはほんにうれしゅうてかないんせん」

019　新内節を二人一組で唄うこと。新内節は遊女の哀感などを多く題材にしたため、遊女たちに人気がありました

020　ホストクラブ。どんな男性にも笑顔で接する水商売の女性はホストクラブでストレス発散することも多いです

021　ラストソング。その日いちばんの売り上げのあったホストが閉店直前に歌う。歌うのはホストにとって名誉なことであり、そのホストを指名して売り上げに貢献した女性も「姫」などと呼ばれ特別感を味わえます

桜と梅が三つ指をつく。

いや、パないのはきみたちだから。

せめて梅のために腹式呼吸だけでも教えようと思ってたら、それを一日中稽古して、一日でものにしちゃうんだもん！

江戸時代の人は[022]根《こん》があるって本で読んでたけど予想以上だったよ……。

ぶっちゃけちょっと怖かったよ……。

まーでも、やっぱ頑張ってる子を見ればこっちも頑張ってやろうじゃん？　と思うわけで。

喉の開き方まで教えちゃいました。

これけっこう難しいし、残り一日で伝えきれるかなと思ったけど、大丈夫、二人とも基本はイケてる。あとはさぼらないで練習を続ければもっといい唄い手になるでしょー。

ちな、喉を開いて唄うってのはざくっと言うと、口を縦に大きく開けて、舌の根っこの力を抜いて喉を緩めて、高音でも低音でも無理やりな感じじゃなく、普通の歌声と同じような声量で歌うことね。

この感覚、つかむのなかなか難しいんだけど、はい、このパない江戸娘二人はそれもそこそこできるようになっちゃいました。

途中から「根性ってすげいなあ……理屈じゃないんだなあ……この二人とマジゲンカしたらあたし負けるかも」と遠い目をして教えていたのは内緒です。

「されど山吹どん、このように口を大きゅう開けるのは恥ずかしゅうおりんす……。山吹どんは開けずとも見事な声を出しんす。わっちらと山吹どん、格が違うのは承知の上でおりんすが、この唄い様《よう》、なんとかなる道はござんせんか……」

梅が泣きそうな目であたしを見た。

ま－確かに。おちょぼ口が可愛《かわい》い！　エモい！　ってされてた時代に大口開けるのは恥ずかしいだろうしなあ。……でもまあそうは言われても。

「稽古。稽古稽古でござんすよ。そのうちに喉も柔らこぅなりんす。そうなれば口の開きも小さくなりんしょう。安心なんせ。二人ならばできるとわっちは信じておりんすよ」

あたしは不安そうな二人ににこっと笑って見せる。

本当はあたしも少し不安なんだ。

天然痘の潜伏期間は今日がリミット。

明日の朝、風邪っぽくなって腰が痛んで水疱《すいほう》ができ出したらあたしの負け……。

いや！　でも！　弱気になるなんてあたしらしくない！　あたしは勝つの！　推しに会うの！

それになにより、推しへの愛はすべてを越えるはずなんだから！

022　根性がある、気が長いなどの意味で昔は使われていました

あたしはそんな決意を込めて、フル装備してた簪《かんざし》にもう一本を足す。

簪の数は遊女の格でそれぞれほぼ決まってる。でも、絶対変えちゃいけないわけじゃない。勝山髷《まげ》を創作して、吉原《よしわら》から江戸の女たちみんなへ流行《はや》らせた、あの勝山大夫みたいに。吉原では実力さえあればそれが正史になる。

現代の歌舞伎町と同じだね。あたしは歌舞伎町のランドセルと呼ばれてたブランドバッグを思い出す。あれを背中に背負ってる子であふれてた、あの賑《にぎ》やかな街並み。

ならあたしもここで生き残って、必ず名前を残す花魁になってやる！

この簪の挿し方に「山吹」と名前が付くような……！


で、結論を先に言うとあたしの種痘は成功しました。

推しへの愛は国指定第一類感染症より強いッ！　強すぎるッ！

最愛とは最強ッッ！

……てのは冗談だけど、まードキドキもしたし「桜と梅になにか残したい」なんてあたしらしくもない覚悟もしたのは事実。

だから種痘成功のしるしの善感[023]が出たときはマジほっとした。体の力が抜けた。

つかもしかしたらこれであたしが江戸時代最初の種痘成功者ってマジ？　いま江戸歴何年？　ヤバくない？　歴史の教科書に名前残っちゃうじゃん！　あ、そのときは推しの名前の近くにお願いします！

ちゅーわけで、十二日ぶりに帰ってきました。

これからあたしが働く廓《くるわ》、巳千歳《みちとせ》に。

「おや、山吹どん、随分顔色がようおりんすなあ」

部屋に戻るために桜と梅を連れて廊下を歩いていると、端正な顔立ちの女が口だけで笑う。

その唐織《からおり》の豪華なだらり[024]の帯に染め抜かれてるのは鮮やかな桔梗柄。

あー、こいつがあたしのライバルで性悪の桔梗花魁かあ。

てことは今のはイヤミだな。

寮にわざわざ出養生《でようじょう》したのになんか元気そうじゃね？　おまえ仮病じゃね？　っていう。

キャバにもいたなあ、こういうヤツ。表面はニコニコ優しいんだけど、いざとなると足

023　種痘が成功した際に接種部位に発生するはっきりした接種のあと

024　遊女が締めていた背部で結ぶのではなく胸前あたりで結び、だらりと長く垂らした帯のこと。遊女以外にも家事などを自分でやらなくてもいい身分の高い女性も締めていました

を引っ張って、指名[025]と同伴取るためにはどんな手でも使う女。

あたしはそういう嬢がいちばん嫌いだったけどね。

戦うんなら正々堂々とど真ん中ぶち抜くのが筋じゃねぇか……て、ヤバ、頭がヤンキーになってる。

落ち着け。あたしは花魁。江戸のアイドルで男たちの憧れ。

「それはありがとうござりんした。客の前で蒼《あお》い顔など見せるのは恥でおりんすからなあ」

そう言って桔梗の横をすり抜けようとしたあと、あたしは振り向いて、史上最高の笑顔で笑ってやる。

「ああ、ご挨拶遅れんした。桔梗どんも息災そうでなによりでありんすえ」

「胸がすく思いでありんした！」

桜がキラキラした目であたしを見る。

「さすがはわっちらの山吹花魁でござんす！」

「桜姉さん、声が大きゅうござんすよ」

梅が、ことりとあたしの前に茶托《ちゃたく》に載った茶碗《ちゃわん》を置いてくれる。

あー！　おいしー！　なにも心配しないで飲むお茶マジおいしー！

「わっちらの山吹どんにあのような言い様、それを気風《きっぷ》ようかわす山吹どん。巳千歳に山吹ありと言われれんすのもようわかりんす」

「ほんにほんに、桜姉さん。山吹どんが芸事を見直すなど言いささんしたので心配しておりんしたが、なにもお変わりなく安堵《あんど》いたしんした」

「その上わっちらにも優しゅう唄を教えてくんなんして……桔梗花魁の禿《かむろ》なら、こたあ厚情受けることはできささんす」

「わっちらは果報者でありんすなあ」

話しながら、しばらく部屋を離れていたので着物の虫干しなんかを始めてくれちゃった梅の口から絞り出すような声が漏れる。

「……桔梗……！」

「なんぞありんしたかえ」

聞くと、キッと梅が振り向く。

こんな顔の梅を見るのは初めてだった。

025　現代の水商売言葉。客が水商売従業者を「あの子がいい」と名指しで指名すること。場内指名、本指名などありますがここでは省きます。売り上げに直結するため、同伴と同じくノルマがあるお店が多いです

「山吹どんの仕掛《しかけ》[D26]に墨が……！」

梅は、衣桁《いこう》にかけようとしていた緋色《ひいろ》の仕掛を手に持ち立ち尽くしてる。

ああ、確かに。

裾[D27]のふきのあたりに跳ね上げたようにたくさんの濃墨《こずみ》の汚れが散っている。

「こたあことをなさんすのは桔梗しかおらんせん。山吹どんが留守にささんしたからといって、あんまり卑怯《ひきょう》でありんす」

「なに、この程度、洗濯屋[D28]に頼みんすばすぐ墨を抜いてくだしんす。……なにも証《あかし》のないこと。悔しゅうてもこらえるのがここはようござんす。わかりんしたか」

「間に合いませぬ。お忘れでおりんすか。この仕掛は山吹どんの馴染《なじみ》の筆屋《ふでや》伊兵衛《いへえ》さまが贈りんしたもの。山吹どんのお帰りを待ちかねんした伊兵衛さまは、明日登楼すると遣《や》り手《て》に聞きんした」

あたしは心の中で舌打ちした。

やってくれたねえ……桔梗。

筆屋伊兵衛の情報ならもう頭に入ってる。

山吹との間に交わされた文によると、山吹ガチ勢。

山吹が花魁になる前からずっと面倒を見てる。しかも花魁になって格が上がっても通う頻度が落ちないだけの財力もある。絶対に手放しちゃいけない上客だ。

そのとき、心配そうに喋《しゃべ》りあう桜と梅の声が聞こえた。

「もし、山吹どんが白蓮《びゃくれん》花魁のようなことになりんしたら……」

「伊兵衛さまはそたあお方ではありんせんえ、梅」

「されど桜姉さん、白蓮花魁の旦那さまも、それはそれは優しい方でおりんした。山吹どん附《つ》きのわっちらにも小遣い銭をくだしんすほど……」

ん？　なんか不穏な雰囲気。どゆこと？

あたしは口を挟まないで二人の会話を聞き続ける。

「さよでおりんしたなあ……。廓《みせ》の禿たち皆に菓子なぞくださって、ほんに良《い》い方でおりんした」

「それも白蓮花魁《おいらん》が簪をなくすまで。そのうえ、なくしたのはよりにもよって旦那さまの家紋の入った鼈甲《べっこう》細工の大簪。お誂《あつら》えの品をなくされささんした旦那さまは花魁の情夫《まぶ》をお疑いなんしてお腹立ちになり……白蓮花魁は顔に二度とは消えぬ傷を……。お上に訴えないよう因果を含め、お内儀さんは相当の金をやって白蓮花魁を国に返しんしたとは聞いておりんすが……」

026　太夫や花魁が着る打掛のこと
027　仕掛の裾に綿などを入れてふっくらさせた部分のこと
028　江戸時代、染み抜き屋はこう呼ばれていました。着物全体を洗濯する現代のクリーニング店のような洗い張り屋と、染み抜き専門の洗濯屋がありました

「ああ……そたあこともありんした……。のちほど白蓮花魁の大簪を隠しんしたのは夕顔《ゆうがお》花魁だと露見はしんしたが、なにもかもあとの祭り」

「あい。人の口に戸を立てることはできんせん。吉原で刃傷《にんじょう》沙汰を起こしんしたと知られた旦那さまは江戸から姿を隠し、夕顔花魁は……」

「仕置のあと、切見世《きりみせ》[029]に……嫌なことでおりんした。誰もかれも名を落としんして……」

ほう、と桜と梅が顔を見合わせてため息をつく。

え−……？　マジ？

でもあり得ない話じゃないよね。キャバやってて怖かったのも乱暴な客より、情の深い客だった。

あたしのファンで、たくさん通ってくれて、ボトルも入れてくれて、そんな人があたしに裏切られたと誤解したときはすごかったよ。

いつもは穏やかな人だったのに、備品の花瓶ぶん投げてきたもんなあ……。

でも、だからわかる。こんなときにどうしたらいいかは——。

いい作戦を思いついたあたしがふっと笑みをこぼすと、桜と梅が慌ててこちらを振り向いた。

「山吹どん、まだ遅うはござんせん。お内儀さんに談判を……！」

桜が必死な顔であたしの袖を引く。

「あい、桜姉さんの申しんすこと、なにとぞ聞き届けてくんなんせ！」

「いな。お内儀さんに談判しても染みが抜けるわけではなさしんす」

「それはさよでござんすが、なんぞ手を考えてくださるやもしやんせん」

「およし。二人ともわっちの禿《かむろ》ならこたあことで動じてはなりんせん。それこそ名を落としますえ」

「けれど……」

「なにも案じささんすな。わっちには良い考えがありまする――」

あたしは、まだ心配そうな桜と梅に、花魁らしくゆったりと笑ってみせた。

残念だね、桔梗。こんな手じゃあたしは負けないよ。鉄火のアンナの意地、見せてやろうじゃないか！

029　最下層の遊女屋。格安でしたがその分、性病にかかる率も高く、遊女の死亡率も高い。ただ行為をするだけの場所でした

第二話　山吹対桔梗

月の綺麗《きれい》な夜だった。

あたしはわざと行燈《あんどん》の灯《あか》りを落とした暗い部屋の中、一人きりで窓際に網を打って筆屋《ふでや》伊兵衛《いへえ》さまを迎える。

桔梗《ききょう》に汚された緋《ひ》の仕掛は、無地の分厚い正絹《しょうけん》で袂《たもと》にだけ山吹《やまぶき》をかたどる金の織の入った、誰が見ても粋で高価なものだった。

つまり、伊兵衛さまは財力と教養を兼ね備えた通人《つうじん》で、しかもこれだけのものを贈るだけあって山吹に夢中。

こんな上客、桔梗のくだらない嫌がらせで逃がすわけにはいかない。

ああそうだよ、桔梗。あんたが間違ったのは歌舞伎町ナンバーワンだったあたしを舐《な》めてたことだ。

ナンバーワンから滑り落ちたらその他大勢になるキャバで戦ってきたあたしとは、くぐった修羅場の数も覚悟も、廓《くるわ》の中でお姫さま扱いされてるあんたみたいな花魁とは違うんだよ！

「山吹！　おまえが出養生していると聞いて儂《わし》はいてもたってもおられんでな。病《やまい》は大事《だいじ》ないか」

「おや、伊兵衛さま、ござんせ。もう大事のうござんす」

部屋の中へ入ってくる伊兵衛さまへとあたしはけだるげな声を返す。

いま、この部屋では月の光はあたしの顔だけに当たってるはずだ。

伊兵衛さまは想像通り、五十がらみのいかにも大店《おおだな》の商家《しょうか》のあるじらしい、品のいい男だった。

きっと綺麗に遊ぶ、現代の歌舞伎町でも好かれるタイプの男だろう。

「おうおう、その声、毎日でも聞きたいもの。南蛮人の面妖な琴の音《ね》と変わらぬ美しさよ」

「面妖……わっちは妖《あやかし》でござんしたか。されど……今宵《こよい》のわっちは確かに妖やもしやんせん」

あたしはその言葉と一緒に立ち上がり、ばさりと鮮やかに仕掛を翻す。

030　花魁の丈の長い仕掛をばさりと床に広げるのを、漁の際に漁網を広げるのに見立ててこう言いました月明かりの中、伊兵衛さまの目には仕掛の裾の黒い汚れがはっきりと目に入ったはずだ。

「山吹……それは儂がやった仕掛……」

[031]「打てば打たたるやぐらの太鼓。尋常の女ならば[032]お七のように好いた心を赤い花に変えるでござんしょう。されどわっちは吉原《よしわら》の女。赤い衣をいただきんしても、そこに咲くのは黒い地獄花。伊兵衛さま恋し伊兵衛さま恋しと思いなんすうちに、伊兵衛さまが触れた衣さえ憎くなり、わっちの心にも地獄花が咲きんした……謝りなぞしやんせん。帰るなら帰りなんし。客に本気で[033]懸想《けそう》をしてこのようなことをささんす、うつけた花魁なぞ、伊兵衛さまには似合いはしやんせん」

これは賭けだった。もちろん勝算のある。

気風と俠気《きょうき》で売っている山吹がこんなに恋しい感情をむき出しにしたことはないに違いない。

それが初めてすがる。弱味を見せる。高価な服を汚すほど、あなたが好きでたまらないと告白する。

普段と違う分だけ、それは真実味を帯びて男の心を射抜く。

ま、一言でいえばツンデレただけだけど。でもツンデレのデレはどんな媚《こ》びより効果があるんだよね、これが。

「地獄花なぞ言うな、山吹！」

伊兵衛さまが窓際にすっくと立ったままのあたしの背中を抱きしめた。

「そこまで儂を好いていてくれたのか……すまぬことをした……おまえに会う前に他の花魁を落籍《ひか》[034]などしなければ……いかに筆屋伊兵衛でも花魁二人を養うことはできぬ」

「承知で……承知でおりんす……ゆえに今宵のわっちは妖《あやかし》だと……」

「泣くな、泣かないでおくれ。悪いのは儂だ。山吹に泣くほど好かれながら甲斐性《かいしょう》のない自分がうらめしい」

「このような地獄の妖にそう言ってくださんすか」

「地獄の妖など……おまえは一途《いちず》な天女だよ、山吹」

よし！　落ちた！

桔梗、あんたには逆に礼を言わなくちゃね。

伊兵衛さまはあんたのおかげでこれまで以上にあたしに夢中になる！

「その言葉、ほんに嬉しゅうござりんす、伊兵衛さま……」

031　恋しい男に会うために火付けをした八百屋お七の伝説から。男に火事を知らせるため梯子を上り、太鼓や半鐘を鳴らすのはお七を取り上げた芝居の演目の見せ場です

032　恋しい男に会うために火付けをし、引き回しの上火あぶりとなったといわれている娘。伊達娘恋緋鹿子など様々な演劇のモチーフになっています。山吹が緋色の仕掛をお七に例えたのもここからです

033　超好き

034　らくせきとも。遊女を身請けをすることです。太夫、花魁クラスだと遊郭に支払う多額の代金と、遊郭への祝い金が必要でした。そのあまりの高騰により幕府が規制をかけたこともあります

「おまえの涙など見とうない。儂も本当におまえを好いていることをわかっておくれ」

「伊兵衛さま……わっちは嬉しゅうて……泣くのも許してくだしんす」

「おまえはつねは御俠《おきゃん》[035]だが、ときにそういういじらしいところが好いたらしくてたまらんのだ。もうおまえの心に地獄花など咲かせぬよう、儂も気を付けよう。仕掛も新しいのを仕立ててやろう。そうさの、白地に一面金糸で山吹を散らそう。天女の羽衣は白でのうてはいかんからな」

「それは大層麗しゅうござんしょうなあ」

あたしはくるりと体ごと振り向いて、伊兵衛さまの頬に指を添える。

頬を滑る涙は月光でキラキラ輝いてるはずだ。

豪華なアクセサリーがなくたって、いくらでも自分を飾る手はある。

「おまえよりは麗しくなかろうよ」

「あれ、憎たらしい。わっちをこんなにささんして」

泣き笑いの顔であたしに手をつねられたら、それまで真面目な顔をした伊兵衛さまも表情を緩めた。

「あ痛《いた》、勘弁しておくれ」

「ならば、山吹が涙を見せたなぞ誰にも言っちゃあ嫌でありんすよ。伊兵衛さまだから……」

「わかっておる、わかっておる。天下の山吹花魁の涙粒を見た男なぞ儂くらいだろう。誰にも言うものか」

「ほんに好いたらしい方……」

「儂こそ。ああ、今日は床はいいぞ。もともと山吹の体が心配で参っただけだ。出養生から帰ったばかりの好いた女に床入りさせるほど儂は鬼ではないわ。また来るでの、山吹。そのときは天女になって迎えておくれ」

「あい。そのときこそ存分に可愛《かわい》がってくんなんし……」

にこりとあたしは笑う。

それは伊兵衛さまと桔梗に向けての笑顔。

桔梗、この勝負、あたしの勝ちだよ！

桜《さくら》と梅《うめ》はあたしのことを慮《おもんぱか》ってか昨日のことには一言も触れない。

桔梗に汚された仕掛を着て伊兵衛さまに会ったあたし。

035　気が強く、活発。山吹のツンデレのツンの部分です

そのあと床入りもせず早々に帰って行った伊兵衛さま。

二人なりに考えていることがあるんだろう。

全然大丈夫なのにね。あー可愛いなあ。

もじもじしてる二人を見てると、ヤンキー時代、キャバ時代、後輩にいろいろ教えてたことを思い出しちゃうじゃん。

「山吹どん……」

梅がおずおずとあたしに声をかけてくる。

「その、桔梗花魁《おいらん》が戸口に……通してよろしゅうござんすか」

「お通し」

「ほんに……」

「お通しと言えばお通しなんし」

「……あい」

一礼した梅が戸口へ向かう。

その様子を目で追っていた桜が、あたしの方へと体を向けた。

「山吹どん……」

「なんだえ、桜」

「いえ……なんもありんせん」

否定しながら、それでも桜がなにか言いたげにあたしを見る。

でも、この子も賢い子だから姉女郎のあたしが決めたことには口は出さない。

ただ、目で必死に「わっちらがあしらいささんす」と訴えてる。

そんなのもったいない！　あたし、ショートケーキのイチゴは最初に食べる方なんだ。

だから桔梗に引導を渡すのも、最初はあたしから！


「桔梗どん、おあがりなんし」

「入りんす。……山吹どん、お気の毒なことでありんしたなあ」

「わっちにはなんのことやら……。鉄砲[036]でも食《は》みんしたか」

「山吹どんの馴染《なじみ》の筆屋伊兵衛さま……昨夜は随分お早くお帰りなんして……暮れ五つには大門[037]から出なんしたとか。なにやらお怒りでも買いなんしたのかと山吹どんが心配で参りんした次第でおりんす」

「さあ、それはどうとやら。さて、そういう桔梗どんの昨夜の首尾はいかがでありんすかえ」

「上馴染の十衛門《じゅうえもん》さまが居続けで、わっちに似合うとこの簪《かんざし》までくだしんした。山吹ど

036　ふぐのこと。毒に当たると怖いので鉄砲と呼ばれました。口が痺れる中毒症状の前兆とかけた山吹の嫌味です
037　吉原と外を隔てる門

んもご存知でありんしょう？　江戸町人の戸部《とべ》十衛門さまでござんすよ」

「それはそれは、めでたきことでござりんした。されどわっちはしばらく簪はねだるわけにはいきんせん」

「さようでご……」

「白絹に金糸を散らした仕掛を仕立てていただきんすに、簪までは貰《もら》いすぎでござんすよ」

「……白絹？」

キッと桔梗の切れ長の目が吊《つ》り上る。

あーあ、これじゃ美人花魁も台無しだね。

でもね、もう、ショートケーキの上の真っ赤なイチゴはあたしの口の中。

「わっちが伊兵衛さまからいただいた仕掛を汚しんしてしまったこと、伊兵衛さまがあんまり気に病まれましてなあ。代わりの仕掛をすぐに届けんすと……。天女の羽衣を仕立てるなぞ言いなんして、ほんに困った方でおりんす。それに暮れ五つで帰りんしたのは病み上がりのわっちを心配してのこと。伊兵衛さまはまっこと粋なお方でありんすえ」

「汚れなど……濃墨ではありんせんか！」

桔梗の細い指先が畳を叩《たた》いた。

それからはっと口を覆う。

いいよ。気づかないふりしてあげる。

あたしは商売用の笑顔を桔梗に向けた。

「ところで、わっちの仕掛の汚れが濃墨であること、桔梗どんはなにゆえ知っておりんすか？」

あたしにそう聞かれた桔梗は、瞬間、目を大きく見開いてまばたきするのもやめた。

まるで豪華な生人形《いきにんぎょう》[039]のように見えた。

そして、ふっと息をついてあらぬ方向に目を向ける。

「廓《なか》の話は早う廻《まわ》るものでおりんす。それだけのことでござんすよ」

「さよでござんしたか。それはご心配ありがとうござりんした。御用はそれで仕舞いですかえ」

桔梗は黙ったままだ。

038 古くから江戸に住んでいる町人。別名、古町町人。特にこう呼ぶ場合は将軍拝謁も許された裕福で由緒ある町人を指します。町人でありますが苗字帯刀も許されています

039 専門の人形師が作成した、まるで生きている人間のようにリアルな人形（怖い方の生き人形ではないです）

「ならば早うお帰りなんしなり。わっちに話はありんせん」

「っ」と言葉にならない呻《うめ》きを残して桔梗が部屋から出ていく。

緊張して固まっていた桜がほっと息を吐いた。そして名前の通り、花開くような鮮やかな笑顔であたしを見てくれる。

「ほんに驚きんした。なんというお手際」

「その上いま一枚、仕掛を仕立てささんすなど……。まるで手妻《てづま》でおりんす。見事なものを見せていただきんした」

梅もほわりと笑う。咲きはじめの白梅のような、清楚《せいそ》な笑みだった。

「なに、この程度の手練《しゅれん》手管《てくだ》、手妻などではありんせん。桜と梅も店に出るようになりんせば、種はわっちが教えささんすよ」

「ありがとうございりんす！」

「精進いたしんす！」

笑顔のまま三つ指をついた後輩を、あたしは目を細めて見下ろした。

うん。超可愛い。

あたしの年季が明けたら桜と梅がナンバーワンになれるように、あたしも頑張るからね。

「コーヒーを飲みつつショートケーキが食べとうござんす……」

あたしはまた目の前に出されたお茶を見てため息をつく。

「こおひい？　しょおとけえき？　それはいかなるものでござんしょう。手に入るものなら手配さささんすが……」

桜と梅が顔を見合わせて首をかしげた。

「されど申し訳ござんせん。その名、わっちは耳にしたことがありんせん。どのようなものかお教えさささんせんか……？」

「いえいえ、それより桔梗花魁のこと。あれだけでようおりんすか。わっちが言うのも口はばったいことでおりんすが……」

謎の物体「こおひい」と「しょおとけえき」に悩んで首をかしげる梅と、きりりと桔梗について膝詰してくる桜。

双子だけどここまで性格が違うと売り出すときのキャッチフレーズをつけるのも楽しいだろうなあ、あたしだったら……って、いまはそれ関係ないから！

「桔梗のことはあれでようござんす。手負いの猫をあまり追い詰めんすと化け猫になるやもささんせん。それでもまたなにか仕掛けんしたときは……」

「仕掛けんしたときは……？」

「わっちが喉笛を切りんすから、心配ささんすな」

元ヤン時代の顔でにんまりと笑うと、桜は一瞬びくりと体を震わせたあと、「承知さささんした」とだけ頭を下げた。

「さて、これでこの話は仕舞でおりんす。それよりわっちは……ああ……コーヒー……ショートケーキ……」

お茶碗《ちゃわん》を抱きしめるようにしながら呻くと、今までの緊張がほぐれたっぽい桜が、あたしの顔を覗《のぞ》き込むようにして話しかけてくる。

「山吹どん、気鬱な顔をせんでおくんなんし。どうとしても「こおひい」と「しょおとけえき」はわっちらが手に入れてみせんす」

「あい。山吹どんのごとき良き姉女郎につけた御恩は、いくたび返しんしても返せる物ではござんせん。ゆえに「こおひい」と「しょおとけえき」がいかなるものか教えてくだしんす」

「コーヒーは苦い味は茶によく似ておりんすが、蕎麦《そば》のつゆのように真っ黒で、茶とはまるで違う匂いのするものでありんす。南蛮人がよう飲みささんす。ショートケーキは……この世にありんせん……」

うん。いま思い出した。

いまとだいたい同じ時代のヴィクトリア朝のケーキは黒っぽいガサガサのスポンジに白い砂糖衣のアイシングをかけたもの。ショートケーキができるのはそれが開拓されて発展したアメリカに渡ってから。

そもそも大きくて甘い現代のイチゴなんて、ヴィクトリア朝じゃ富と権力の存在を越えて存在するかもわからない。

新鮮な野菜が手に入るのがステータスで、生のキュウリが貴重な上流階級の食べ物だった時代だったもんなあ……。

「それではまるで月輝夜姫の謎かけのような」

「申し訳ないことでござりんした。所詮は夢……夢こそうつつ……」

推しの代わりにケーキを失った悲しみに、江戸川乱歩《えどがわらんぽ》の名言をついつい口ずさんだりしちゃうと、桜と梅が泣きそうな顔であたしを見ていた。

「わっちらこそ申し訳ないことでござりんす。どうとしても手に入れるなどと申しんして、山吹どんを糠喜《ぬかよろこ》びささんした……」

「どう償いんせば良《い》いか見当もつきんせん……」

ヤバ。この子たちは悪くないのに。

悪いのは現代の常識が抜けないあたしなのに。

「気にすることはなさしんす。二人がわっちに忠義を尽くそうとしてくれた。それだけでわっちは充分でござんすよ」

だからそんな顔しないでね？　ね？

あ！

あたしの頭の中でピコーン！　のスマホ用スタンプが浮かんだ気がした。

なければ作っちゃえばいいじゃん！

「桜、梅、いまは清明《はる》の頃でござんすな？」

「あい」

「たんぽぽの根を集めるよう男衆《おとこし》に頼んでくだしんす！　一人一朱[041]、いっとう多く集めた者にはほかに二朱[042]遣《や》ると！」

「ようござんすが……それが謎かけの答えでありんすか？」

「コーヒーをそれで作りんす！」

「たんぽぽを「こおひい」……？　わかりんした。男衆に言いつけんす」

「それから牛の乳《ちち》を一升[043]！　卵のふわふわ[044]を二人前！」

「卵のふわふわは仕出屋に言いつけて、すぐ持ってこさせんすが……牛の乳ばかりは難しゅうおりんす」

「あい。まずは牧場《まきば》に子持ちの牛がいるか……手配に時間がかかりんす」

あー！　そうだ！　ザンギリ頭を叩いてみれば文明開化の音がする明治維新までこの国には牛乳ゴクゴクの習慣がない！　牛を食べる習慣もあんまりない！

牛乳飲むと足が四本になるとかアホなこと言いおって！

だから牛乳は薬や滋養強壮用に細々使われてるだけだったんだ……。

なんだよもう！　ももんじ屋[045]とか言って現代ではメジャーじゃない猪《いのしし》や兎《うさぎ》をばくばく食べてるくせに！

鶴の脳みその蒸したの[046]がレシピ本に載ってるくせに牛乳は飲まないなんてー！

041　江戸時代の通貨単位。約六千円
042　江戸時代の通貨単位。約一万二千円
043　約二ℓ
044　卵にだし汁と醤油を加えて蒸したふわふわと口当たりの良い料理。おいしい。卵百珍という江戸時代のレシピ本に詳細な作り方が載っています
045　肉料理を出す店です
046　料理百珍という江戸時代のレシピ本に詳細な作り方の記載があります。おいしいかは不明です

考えろ、考えるんだ山吹。あたしはどうしてもショートケーキが食べたい。

この際ちょっと違っててもいいから食べたい。

「山吹どん……？」

メレンゲ！　そうだ、メレンゲ！

卵のふわふわにあたしが作ったメレンゲを塗ればいいじゃん！

そこに金平糖を載せたら……。うん、カップケーキみたいでかわいいし！　マジあり！

「仕出屋に卵のふわふわを頼みんすに、注文が多うござんすからここな紙へ書き付けんす。ちょいと待ちんしな」

壱、出汁《だし》と醤油《しょうゆ》の代わりに水と砂糖を入れて菓子のように甘く作ること

弐、卵の白身のみ二つ分、買い上げるのでそれは何の細工もせずふわふわとともに持参すること

参、[047]砂糖二十匁《もんめ》持参すること

よし！　これで嘘《うそ》っこスポンジケーキの台とメレンゲの材料ゲット！

「では、梅はこれを仕出屋へ持ちんしたあと、菓子屋で[047]金平糖を五十分買って来てくんなんし。桜はさきほどのたんぽぽの根の話を男衆へ頼みなんす」

やっぱ桔梗に勝った勝利の味はケーキとコーヒーじゃないとね！　キャバ時代からの験担ぎだもん！


うふふふふふふ。

きれいに処理されたたんぽぽの根の山を見てるとなんとなく悪役っぽい笑いがこみあげてくる。

この時代の一日分としてはかなり大目の賃金を払ったおかげで、男衆は大量のたんぽぽの根っこの泥とひげ根を落とし、あとは刻むだけにしてくれた。

そう。たんぽぽの根を煎って煮出すとコーヒーそっくりの液体ができるのですよ。

ウェルカム一年分のコーヒーの素！　ありがとう大自然！

あ、そういえば、今まで怒涛《どとう》の毎日で考える暇もなかったけど、あたしが所属する巳千《みち》歳《とせ》は大見世に限りなく近い中見世。昔はかなり羽振りが良かったようだけど、今ではそうでもないらしい。

047　砂糖二十匁：約七十g。金平糖五十分：約二十g

あたしはそこの見世《みせ》昼三《ちゅうさん》。花魁《おいらん》にもランクがあるんだよねー。

ちな、見世昼三は、時代劇によく出てくる格子の中に座って客引きをしなくていい花魁なので、遊女的ランクはほぼトップなんだけど、悔しいことにさらにその上のランクの花魁がいる。

それがあの有名な花魁道中をする呼出《よびだし》花魁。

もうこの時代だと揚屋はないけどやっぱ道中したいじゃん？

引手茶屋まで推しを送迎したいじゃん？

悔しいけど、まずはナンバーワンになるための目標がそこかな。

でも、それならなんであたしが天下の山吹とかよく言われるのかがわかんない。

あとあたしの客筋があんなにいいのもわかんない。

あたしの馴染《なじみ》と言えば、伊兵衛さまみたいに裕福な町家、あたしでもわかるお武家さま、それに中大名[048]とはいえ譜代の土屋《つちや》さま……！

ま、いいや。

難しいことはケーキとコーヒーを飲んでから考えよう。

とりま見世には出なくていい高級花魁なのはわかったしね。

飯炊きさんに借りた包丁とまな板であたしはざくざくとたんぽぽの根を刻んでいく。

その様子を桜と梅は微妙に震えながら凝視してる。

高級遊女になるために育てられてるこの子たちは料理なんかしたことないから、まず、あたしが根を刻むのを納得させるまでが大変だったよ……。うん……世界の終わりみたいな顔で包丁取り上げようとするんだもんなあ……。

「飯炊きに任せてくだしんす」って言われても、コーヒー用にたんぽぽの根を刻むなんて飯炊きの人にできるわけないじゃん。ぶつ切りにされてもささがきにされても困るし。

悩むなら自分でやった方が早い！

「ふう……終わりんした」

「山吹どん、手は、手は大事ありんせんか？」

「何事もござんせんよ」

自炊、いちおうしてたし。

むしろ、あたし、料理、好きだったし。

「……ようござりんした……山吹どん……」

「あれあれ、梅、泣いては白粉《おしろい》が取れんすよ。ほんに花魁になれば桔梗のような女もおり

048　十万石以下の大名。土屋氏は最終的には九万五千石

んす。度胸もなくては名流《めいりゅう》になれやしやんせん」

「あい……わかりんした……」

梅の涙を懐紙で拭って、ついでに懐紙に包んだたんぽぽの根を渡す。

「では、これを飯炊きに渡しんして、かまどの灰の中に入れるよう頼んでくんなんし」

本当は刻んだたんぽぽの根を乾かすのに数日天日干しにするかレンジでチンするんだけど、天日干しで乾くまで待てないし、江戸時代に電子レンジはない！　って、あーもう！

マジ？

だから当座飲む分だけ、かまどの残り火がくすぶる灰の中で乾かしちゃおうってわけ。

だってだってだって！

目の前には卵のふわふわと卵の白身が到着してる！

我慢できなくてはしっこをかじってみたけど……名前の通りふわっふわでとろけそうで、生ドーナツみたいで感動したよぉ……！

早く！　早くこれをコーヒーと一緒に食べたい！

メレンゲと金平糖でデコって！

「あと入用なのは薬研《やげん》[049]と炮烙《ほうらく》[050]、桜の塩漬け……」

思わずゆらっと立ち上がったあたしを桜が必死で押し留《とど》めた。

これ以上なにかやらかされたらたまらないと思ったんだろう。

「それはわっちらが整えんす！　山吹どんは馴染への文なぞ書いてお待ちなさんせ！」

あー……えーと、素直にごめんなさい。

ケーキの魔力に我を失いすぎました……。

「これが「こおひい」と「しょおとけえき」……」

桜と梅が目の前に並んだ黒い液体と白い物体を興味深げに見ている。

「牛の乳で白いところを作るのが本式でありんす。手に入りんしたらそれもこしらえささんす。それより二人とも、ありがとうござりんした」

あたしがメレンゲを作ってる間、桜と梅は薬研《やげん》で乾いたたんぽぽの根をすり潰し、火鉢にかけた炮烙《ほうらく》で丁寧に煎ってくれていたのです。

さすが、[051]暇なときはお茶ひきさせられる遊女だけあって、「ほうじ茶をこしらえるように」というのはすぐわかってくれました。

正直、火鉢と炮烙で物を煎ったことなんかなかったので助かった。感謝している。

049　石、根っこ、種など固いものを細かくすりつぶすための道具です

050　ゴマや茶葉を煎る素焼きの片手鍋のような道具。ここでの炮烙は炮烙の刑とは関係ないです

051　指名のつかない遊女は、その間は茶葉を石臼で挽く軽労働をしていました。現代でも客が来ない、暇、などを「お茶をひく」と言います

メレンゲは泡だて器がないので茶筅《ちゃせん》[052]を使って根性で作りました。

人間、やる気があればなんでもできる！

そこに生卵の白身のくさみ消しと、メレンゲをさらにツンと泡立てるために、桜の塩漬けのしぼり汁を少し入れて……砂糖の前に塩分を入れると泡がしっかりするんだよねー。

絞り器がないから可愛《かわい》い模様はつけられないけど、卵のふわふわに塗るときに、つんつんとんがりを作って白い波のイメージ。最後に金平糖をデコってできあがり！


うん！　よきじゃん！

それをそーっと三角に切り分けて載せたお皿を、煮出したたんぽぽコーヒーの横に置いて……完璧！


できましたー！　江戸時代風コーヒーとショートケーキ！

「さ、二人も食べなんし」

「え、わっちらもご相伴にあずかってよろしゅうおりんすか」

「二人には手間をかけんした。せめてもの礼でござんす」

「桜姉さん……」

「梅……」

「山吹どん、ありがとうござりんす!」

「ふああ……これがしょおとけえき……なんというお味……」

「こたあもの食べたことござりんせん……春の淡雪のような……」

「噛《か》めば口の中でとろけんす……」

桜と梅がうっとりしながら嘘っこショートケーキを食べてる。

もちろんあたしもふにゃふにゃだ。

卵のふわふわを土台にしてメレンゲでデコった嘘っこケーキは予想以上においしかった。

特に香りづけに桜の塩漬けの汁を入れたのが成功だった!

微妙に桜餅みがあるゆーか……てかこれバリエ変えたら無限に作れなくね？　ね？

ミカンとかブドウとか季節の味に。酸を加えるともっとしっかりメレンゲになるし。あ、抹茶味も絶対イケるっしょ。そのときはあんこでデコって……。

あー、なんかいろいろあったけど、推しとケーキがあればもうなんにもいらないやー。

しかも、江戸時代にいるのに、ケーキで甘くなった口の中をコーヒーの苦みで流せる贅《ぜい》

052 お抹茶を点てる道具。泡だて器のような形状をしています

沢《たく》。もうマジ贅沢。土屋さまがいらしたときもケーキとコーヒーを出してみようかな。それで、それで……。これ、歴女仲間に言ったら嫉妬で殺されるわー。大変だわー。マジつらいわー。

って、思わず自虐風自慢するほど気分がいい。

「ぇぶほっ」

そのとき、ここではってゆーか、現代でもたぶん聞いたことがない妙な音声が聞こえた。

見れば梅が涙ぐみながら口元を押さえている。

「梅、梅、薬だと思ぅてはよぅ飲みんしな」

桜に背中をさすられて梅が口元を押さえながらコクコクとうなずく。

「山吹どんがあれほど苦労して用意したものでありんす。名高い湯薬《とうやく》に違いんせんから……」

また梅がうなずいて、ごくんと喉を動かした。

「……良薬口に苦しとはまことでござんすなあ……」

そして、ようやく絞り出したような声が梅の口から漏れる。

ごめん……コーヒー、苦かったんだね……。

「梅、桜、それは湯薬ではなさしんす……砂糖を好きなだけ入れなんし……」

久しぶりのコーヒーとケーキを満喫したあと、あたしはやり手に頼んで、お内儀さんに時間を取ってもらった。

お内儀さんの目の前にもたんぽぽコーヒーとなんちゃってショートケーキがある。

これでもあたしは考えたんだ。

遊女のトップの花魁の中でもさらにトップを張る呼出《よびだし》花魁になるには店の格もそれなりに関係する。だからほとんどの呼出は今は格の高い大見世にだけしかいないってことを知って。

確かに巳千歳は格の低い廓《みせ》なわけじゃない。でも、いまひとつなんだよね。

現代で言えば[054]花道通りの大看板には載ってはいるんだけど、画像が小さ目のホストみたいな……。

イケてるんだけど次は看板から消えるかもしれない感じ。自分の廓《みせ》のことを悪く言いた

053　江戸時代は生薬（加工されていない原型そのままの薬の材料）を煮出して薬にすることも多くありました。そういった液体の薬をこう呼びます。現代でも用いられることがあります

054　歌舞伎町の花道通りに設置されているホストクラブの宣伝看板です。基本的には店名と人気ホストの写真が載っています。ナンバーワンしか載せない店と人気ホスト数名を載せている店があります

くないけど、トップの圧倒的なオーラがない。

だからあたしは巳千歳に昔の羽振りを取り戻してほしい。聞いたら太夫《たゆう》を何人も抱えてた大繁盛の時代もあったっていうじゃん？

したらあたしが呼出になって花魁《おいらん》道中する日も近づくし！

吉原《よしわら》ナンバーワンになる日も近づくし！

「それで山吹、この「こおひい」と「けいき」をどうしようって言うんだい」

「おいしゅうござんしたか」

「ああ、おいしかったよ。あたしもあんたがたのお相伴にあずかっていろんなものを食べてきたが、こんなものは初めて食べたさね」

「これを廓《なか》で出すことはできんせんか」

「……山吹、あんたも頓狂なことを言うねえ」

「ふざけや戯言《ざれごと》ではござんせん。巳千歳でしか食《は》むことのできんせん新奇な食べ物があると言えば、通人を呼ぶ種になるのでは」

江戸の人は新し物好きだ。

女房を質に入れても初鰹《はつがつお》なんてふざけた川柳も残ってるくらい。

冬に泳ぎたくて温水プールを家臣に無理やり作らせたお殿さまがいるくらい。

平和で、平和すぎる時代が長く続いて、みんな刺激に飢えてるんだ。

あ、この辺はあたしの考えだけど。

「それにケーキは色々と味を変えることができんす。ミカンやブドウ、抹茶やきなこ……季節に合わせて味を変えれば飽きられることもござんせん」

ふうむ、とお内儀さんが鬢《びん》[056]の膏薬《こうやく》[057]に指を当てる。

「これでうちは損はしないのかい」

「たんぽぽの根に金子《きんす》はかかりんせんし、ケーキは卵のふわふわの金子にいくらか上乗せすれば。それはお内儀さんにお任せいたしんす」

「作り方は本当にあんたしか知らないんだね」

「あい。南蛮の料理に似た物をここでも作れるようにわっちが考えささんした。ゆえに他の廓《みせ》で出しはじめれば、作り方を教えた飯炊きを打擲《ちょうちゃく》[058]しておくんなんし」

「飯炊きにも作れるものなのかえ」

「わっちが作れるのでござんすから……。卵のふわふわさえ仕出屋から取れば、あとは簡単にできんす」

055　尾張藩藩主　徳川吉通
056　この場合はもみあげのあたりの毛の生えていない部分
057　よく時代劇でおばあさんが顔に張っている白いもの。頭痛に効くとされていました
058　ぶん殴る

「うちでしか出せない南蛮渡来の料理か……。悪くないかもしれないねえ。あんたには相当稼がせてもらってるし、先《せん》もあんたが頓狂なことをあたしに頼んでうまくいった。まずは試してみようか」

「ありがとうございりんす！」

「いいんだよ。試さんで駄目だとなにゆえおわかりささんすか、と前にあんたに啖呵《たんか》を切られからねえ。あのときは随分と業腹《ごうはら》だったが、あんたの言うとおりだった。あたしもこんな稼業の女だ。正直に言うなら稼げそうならなんでもやるよ」

え、あたし前になにやらかしたの？

てか、前もなんか変なこと頼んでうまくいったって？　マジ？

鬼子を拾うくらいだから山吹が変わり者なのはわかってたけど、ほかになにをやらかしてんの？

なんか今、壮絶に怖い。神様、こんなことなら説明書くらい残しといてってーのー。

「それで、これは名はなんと書くんだえ」

あ、考えてなかった！

元の名前そのままカタカナじゃまずいよなー。いやマジヤバでしょ。

なんか廓《くるわ》っぽくてかっこいいやつ……コーヒー……恋秘《コーヒー》！

うっわ、すげい中二。

でも、カクテルの名前だってシンデレラとかブラディ・マリーとか中二なの多いし、廓《くるわ》で出す秘めた恋の飲み物、恋秘ならまーアリかあ。

ケーキは……慶喜……ダメだヤバすぎる。

これいつかラストショーグンに絶対殺されるやつだ。字はいい感じなのにー。

うーん……ケーキ……ケーキ……景気《ケーキ》！　ケーキ食べて景気よくなんてウエーイなパリピのノリだけど酔っ払いにはウケそうじゃね？

「お内儀さん、筆と紙を借りんす」

あたしは大福帳[060]のそばにあった硯《すずり》と筆と、書き損じたらしい紙を手元にもらって、草書体で恋秘、景気、ついでに英語でCoffee、Cakeと書きつける。

「黒いのが恋秘で白いのが景気でござんす。横に書いてあるのが南蛮での名前でおりんす」

「悪かないねえ。……はあ?!　山吹、あんた南蛮語が使えるのかい?!」

「あい。エゲレス[061]語を少しばかり……」

「ああ……あたしゃ眩暈《めまい》がしそうだよ……。あんたは本当に頓狂な花魁だ……。通詞《つうじ》[062]を

059　超ムカつく
060　現代の帳簿のようなもの
061　イギリス
062　通訳

探してる客が来たら紹介させてもらうからね」

「通詞ができんすほどではありんせん」

「そりゃあこの江戸の人間の大概がそうさ。それにしてもあんたがねえ……。どこで知ったんだい？」

思わず「大学」と答えそうになったのを、あたしは慌てて言い直す。

「な、馴染《なじみ》の客が通詞の節用を貸してくだしんしたので、書き写し学んでおりんした」

「はあ……。あんたにゃあいつも驚かされてばっかりだ。あんたは年季が明けたら幸せになれるよ。きっとだよ」

「ありがとうござりんす」

「そいじゃあ恋秘と景気は試しに客に出すとして……」

それまで煙管《きせる》片手に余裕余裕って感じで話してたお内儀さんが目をうろうろと動かした。

「お内儀さん？」

「その……あたしの名前はエゲレス語でどう書くんだい？」

「ではそれも書き付けささんす」

「ああ、それは書き損じなぞには書かないでおくれ。この紙に」

「あい」

えーと、たしかお内儀さんの名前はお花《はな》さん……。

あたしはお内儀さんが差し出してきた真っ白な紙に「Ma'am Ohana」と書き、Ohanaの横に「Flower」とついでに添えた。

それからお内儀さんに読めるように、まあむ　おはな　ふらわあ　とも。

「まあむ……おはな……」

「お花お内儀さんという意味でありんす。花はエゲレスではフラワーと呼ばれるのでそれも書き付けささんした」

「これは額に入れて飾ろうかねえ……。エゲレス語の名前があるのなんて吉原じゃああたし一人だよ……」

いつも渋い顔のお内儀さんが紙を抱きしめるようにしてにこにこ笑う。

予想以上の好反応の圧……！

おもーい!!

「さ、さよでござりんすか」

「悪いねえ、山吹。あんたのことはこれまで以上に盛り立ててやるから安心しておくれ」

……まあでもお内儀さんの中であたしの点数は上がったみたいだし、これもナンバーワンへの布石だと思えば……いいかな？

063
辞書のこと。別名節用集

「お内儀さん、失礼します。山吹、客だよ」

あたしとお内儀さんが話をしてた内所にやり手が入ってくる。そしてお内儀さんに一礼した。

「ああ、もう昼見世[064]かい。山吹、行っといで」

おかみさんがそう言うのにかぶせるように、やり手がやれやれと首を振る。

「しかしありゃあ駄目ですよ。浅黄裏《あさぎうら》[065]のりゃんこ[066]です。国元からの御用の旅の途中だから、山吹に会うために昼見世、そのあとは上屋敷《かみやしき》に顔出しと、結局二日しか江戸にいられないと言ってましたよ。切り餅[067]は持ってるようだけど、はなから裏を返す[068]気もないとはねえ」

やり手が顔をしかめた。

お内儀さんも呆《あき》れたように煙管のふちを火鉢に軽く叩《たた》きつける。

「なんだいそりゃあ。浅黄裏はあすび[069]も無粋でいやんなっちまう。山吹は先客がいると廻《まわ》し[070]をあてがわしときな。どうせ夜見世にゃあ山吹目当ての上客が来るんだ。疲れさすこともあるまいよ。ああ、気にせんでいいからね、山吹。あたしゃあ、あんたを本気で盛り立てる気でいるんだから」

「ちょいとお待ちくだしんす。そのお武家《ぶけ》さまはどこの家中《かちゅう》の方かお名乗りささんしたか」

「確か……松平《まつだいら》さまだとか……」

「あれ、ご大身《たいしん》じゃないか」

「松平さまはご大身でも、客のりゃんこは浅黄《あさぎ》裏で御茶《おちゃ》奉行なんて聞いたこともないお奉行さんですよ」

「そうさねえ……。おまえさんの言うこともっともだ。廻しは誰をつけようか。まあ、松平さまの御家中ならそこそこのをつけてやろうかね」

いやいやいやいや。そこはそうじゃないでしょう。

071松平さまといえば岡山藩最大三十一万石。治世も安定してて歴代君主にアレなお殿さまもいない、徳川家康《とくがわいえやす》の御覚えもめでたかった良物件なのに。

064　吉原の昼の営業時間。九つ（昼十二時ごろ）から七つ（午後四時ごろ）まで
065　田舎武士を嘲った言葉。転じて野暮な侍を笑う言葉にも。田舎侍は着物の裏地が浅黄色だったことが多かったためこの名がつきました
066　意味はいくつかありますが、ここでは武士を馬鹿にする言葉として使っています。りゃんこ＝武士ですが武士の前で使ったら喧嘩になると思います
067　一分銀百枚を紙に包んだもの。二十五両相当。現代の貨幣に換算すると約二百五十万円。形と色が餅に似ているので切り餅です
068　初回買った遊女をまた買うこと。ただし山吹のいる江戸後期では昔ほど厳格ではなくなり、初回での床入れもするようになってきました（諸説あります）
069　遊び。江戸言葉です
070　指名した遊女に先客がいたときに他の手の空いた新造などが一緒の床で寝ること。あくまで一緒に「寝る」だけで客は手を出してはいけない、新造などもいちゃついてはいけないという掟がありました
071　岡山藩藩主池田氏。家康の娘を妻にした藩主がいたためか、松平姓を賜った。最大三十一万石。外様です

　このクラスの大名なら上屋敷[072]には従業員は二、三千人？

　しかも巳千歳に寄ったあとに上屋敷に向かうなら、御用の旅だってことだしいろんな人に会うはず＝ここでいい接客をしとけばきっと勝手にあたしの話をして宣伝してくれる！

　聞いたことがない奉行が意外とお金と権力を持ってたりすることがあるのは鸚鵡籠中《おうむろうちゅう》[073]記《き》で身にしみてるし！

　その御武家さまだって、江戸時代で言えば自分が田舎者なのはわかってるだろうから、浅黄裏だのなんだの言われるのは吉原では覚悟の上だろうしね。

　だから、そこであたしが「遠方からあたしのために来てくれてうれしい！」と心を込めたおもてなしをすれば、誰かに山吹はどうだった？　と聞かれたときに「良《い》い花魁だった」と答えるに違いない。

　逆に、上屋敷に詰めてる人たちは吉原《よしわら》に慣れてるから、あたしのその待遇が粋で破格なことに気付くはず。山吹に一度会ってみようかというご新規さんも増えるはず。

　この時代では「粋」であることがとても大事だったから。

　だから……そのお武家さまが馴染になれなくても、そうやって枝[074]を連れてきてくれれば、あたしの客は増える。

　キャバ時代のテクだけどねー。

　地方からの出張で一度しか店に来れない人にも親切丁寧に対応する↓本社で噂《うわさ》を広めて

くれて、その会社の接待御用達《ごようたし》になったことなんて何度もあったもん！

「いえ、わっちが行きんす」

「なんだい山吹、藪《やぶ》から棒に」

「そのお武家さまを心底もてなしんしたら、わっちの客が増えなんすかと」

「何故《なぜ》だえ」

「……ただ、これからひと月ばかり様子を見てくだしんすとしか言えなんせん」

「ふうん」

お内儀さんが煙管を口に運び、ふわりと煙を吐いた。

「あんたの頓狂にも慣れてきた。だが、一度口にした言葉は戻せはせんよ。いいかい」

つい、とあたしを見たお内儀さんの目は、もう完全に商売人の目だった。

「あい。承知の上でおりんす。けして夜の勤めも怠りんせん」

あたしはそれをまっすぐ見据えながらうなずく。

これも一つの賭けだけど、あたしは負けると思って賽《さい》は振らない。

072　参勤交代時の大名の江戸での屋敷
073　尾張徳川藩に仕えていた武士、朝日文左衛門の残した日記。徳川吉通の母が色狂いだったことから市井の決闘事件まで、どうでもいいけど生々しい江戸時代の生活がこまごまと書かれた貴重な記録です
074　現代水商売用語。他の従業員指名のお客様が連れてきたフリーの客や、なじみの客に紹介されて一人で来たフリーの客を指す。指名嬢・ホストがいる客を木に例えて、そこから伸びてきたものとして枝と呼びます

ナンバーワンの経験則が、あたしに「勝てる」と囁《ささや》いてる。

「ならいい。せいぜいりゃんこにいい思いをさせてやんな」

第三話　キャバ嬢の意気、花魁《おいらん》の意気

段梯子《はしご》を登ってまずは二階の引付座敷《ざしき》[075]へと向かう。

やり手曰《いわ》く浅黄裏のりゃんこは、背筋を伸ばし肘を体にぴたりとくっつける超模範的な型でそこに座っていた。

連れてきた引手茶屋の女将《おかみ》らしいのも、幇間《ほうかん》[076]も芸者も一生懸命場を盛り上げようとしてるけど、緊張してるのか、その表情はぴくりとも動かない。目の前に並んだ膳にも手を付けていない。

うっわ超武士！

ヤバいヤバいまじヤバい！　エモすぎる！

初めて本物の武士間近で見たよー！

075　初会の遊女にまず会うところ。ここで杯をかわします

076　太鼓持ちのこと。道化師の日本版のようなもので男性が務めます

はー……ほんとよき……。

その武士があたしの気配に気づいて正座したまま頭を下げる。

「これは山吹《やまぶき》殿！　それがし、刑部式部《おさかべしきぶ》と申します。山吹殿にお会いできることを夢見ておりました！」

あーやばー……三十代ぐらいで髷《まげ》が似合う細面とかもうど直球じゃん……。

「すぐに国元に帰ればならぬ田舎侍の身であれど、今勝山《いまかつやま》と細見《さいけん》に描かれた山吹殿にお会いできたこと、これよりの果報はありませぬ」

「さよでありんすか」

式部さんも引手茶屋の女将も、はっと目を見開く。

初会で、しかもこれから先の馴染になることもない式部さんの近くに、上座とはいえあたしが座ったからだ。

「式部殿は今日を過ぎたら二度とは会えぬわっちに礼を尽くしんした」

伝統はあっても今は中見世に近い巳千歳《みちとせ》なら、引手茶屋に大金を払わなくても登楼できる。

でも、目の前の刑部式部という武士はあたしに筋を通してくれたんだ。

呼ばなくてもいい幇間《ほうかん》や芸者衆まで呼んで、食べもしない高い膳まで頼んで。

「その心意気受け取りんす。ならばわっちも礼を尽くしんしょう」

膳に並べられた盃《さかずき》を飲み干し、あたしはにっこりと笑う。

「花魁にも花魁の心意気がありんすえ」

式部さんを通したあたしの座敷には、贅沢《ぜいたく》な台の物[078]や酒が所狭しと並べられていた。

「山吹殿には振られるやもしれないとばかり思っていましたが、まさか思いが遂げられたら、細見にある通りに山吹殿にふさわしいことをしようと思い詰めておりました」

引付座敷にいた時よりは表情が柔らかくなった式部さんが、少し恥ずかしそうに言う。

それにはかまわずあたしは式部さんの上座にばさりと網を打ち、「座りなんし」とだけ口にした。

あまり親しみすぎてもいけない。あたしはこの一回限りの逢瀬《おうせ》で、この人があたしに会えたことを一生まわりに自慢するような花魁を演じるんだ。

「は。では失礼します」

式部さんが下座に腰を下ろす。

077　吉原細見。吉原の地図と各廓所属の遊女の名前や揚げ代が載っていた。著名絵師による遊女の姿絵や批評のついているものもありました
078　仕出屋から取った食事。通常の仕出より吉原の仕出は高価でした

「まずは飲みなんし」

「山吹殿は……ああ、初会では召し上がらないのでしたね。なにしろ吉原に来るのは初めてで、なにごとも不調法で申し訳ない」

「誰にも初めてということはありんす。はなから通な方などおりんせん。剣の名人も稽古して初めて名人になりんす」

「はは……その通りだ。では一献」

「つぎんす」

大ぶりの杯になみなみとお酒を注ぐと、式部さんはそれを押し頂くようにした。

「飲む間《ま》に琴でも聴きんすか」

自らを田舎武士だと卑下するこの人には、三味線より高貴な感じの琴がいいだろう。あたしは琴爪《ことつめ》をつけ、琴糸《きんし》をつま弾きはじめる。

「お願いいたす。……昼から山吹殿に酌をされ、山吹殿の琴を聴きながら酒を飲む……吉原は桃源郷だから気をつけよと言った朋輩《ほうばい》の言葉が身にしみまする」

「なぜ桃源郷を恐れささんす」

「愉快すぎて二度とは戻れないから……と」

「うまいことを申しんすなあ」

「冗談ばっかり言っている男です。藩の江戸屋敷《えどやしき》に詰めております」

よっしゃ！

とりあえずあたしの噂はその朋輩《ほうばい》には必ず流れる！

「式部殿は言わないのですかえ」

「それがしは真面目一辺倒で生きてきたものですから……。御茶奉行として各地の茶畑を見て回る旅、殿からは充分な路銀《ろぎん》をもらいましたが[080]、島原[081]にも寄らず、先斗町《ぽんとちょう》[082]にも寄らずにここまで参りました」

「それでは随分寂しい旅でござんしょう」

「寂しくはありませんでした。細見で見た山吹殿の絵姿が忘れられず、いつか会うために常から節約、旅も節約節約をしていたもので……。引手茶屋に断られそうになり、切り餅を見せてようやっと案内《あない》をさせたので、もうなにも悔やむことはありませぬ」

切り餅……。やり手もこの人が切り餅持ってるって言ってたけど、確か切り餅の包み一つでだいたい二十五両だよね？

あたしの揚げ代が三分で約七万五千円、そんで二十五両は約二百五十万円。

にひゃく、ごじゅう、まんえん。

079　友人
080　この時代の出張は先払いで使い方は本人に任されていました。また、予算も潤沢であることが多かったようです
081　京都の遊郭
082　芸妓、舞妓がいる京都の通り

そりゃ引手茶屋も案内するわ……。

昼見世の四時間に芸者あげて幇間よんでここまで贅沢三昧な膳を並べて、巳千歳も引手茶屋も大儲《おおもう》けじゃん！　それでも使い切れないくらいの大金じゃん！

てかこの人全然ダサい浅黄裏じゃないよ。

ちゃんと吉原のルールも勉強してるし、お金も綺麗《きれい》に使ってる。

しかもあたしのために！

あー……サムライブラボー……！

「山吹殿……？」

ちょっとトリップしちゃってたあたしに、式部さんが声をかけてくる。

「……ああ、式部殿のことを考えておりんした」

すると火がついたように式部さんの頬が赤くなる。これは絶対お酒のせいじゃない。

「門前払いも覚悟していましたのに、山吹殿にそう言ってもらえるなど。う、唄など唄ってはいただけないでしょうか」

「ようござんす」

式部さんの杯が空いたのを見て、お酒をつぎ足してからあたしは三味線を手に取る。

「好きな唄はありんすか」

「山吹殿が好きなものを……」

「では三保松富士晨朝《みほのまつふじのあけぼの》[083]を」

あたしが唄うのを、式部さんはこくりこくりと少しずつお酒を飲みながら気持ちよさそうに聴いている。

気もほぐれてきたようで、台の物にも箸をつけ始めた。

あたしもこんな、ザ・サムライって人に会えて気分がいい。

だからこの唄を選んだ。遊女が好きな客との別れを惜しむ唄。

『後へ心は残れども』この部分に気付いてくれるといいな。

「お粗末さまでござんした」

「いえ！　最後はそれがしの心境のようで……後へ心は残れども……」

「わっちもさよでござんすよ。主さまと後朝《きぬぎぬ》の約束の日取りを数えることができんせばどれほど良《い》いか」

「しかしそれがしは国元へ帰るほかありませぬ。……山吹殿、これを貰《もら》ってはくださらぬか！」

083　常磐津の曲。遊女に対する別れの悲しさを織り込んだ部分があります。江戸時代に作詞作曲されているので著作権消滅済み式部さんが懐中から革袋を取り出す。その中に入っていたのは銀の粒が何条も垂れ下がる豪華なびらびら[084]簪《かんざし》だった。

「いつか、いつか、もしも山吹殿に会えたらとこしらえたもの……。おかげで節約しすぎて石部《いしべ》金吉《きんきち》[085]とからかわれましたが……それがし、もう思い残すことはありませぬ」

「そのようなことを申しんすな。それこそわっちに心残りができんす。どうか出世して長生きしてくだしんすよ。もう会えぬのでござんすから、きっとですよ」

そう言いながら、あたしはびらびら簪を髪に挿す。

「似合いんすか？」

「似合いまする！　……本日は本当にありがたき次第でした。長居は無粋[086]だと聞きましたのでそろそろ失礼いたします。何度も言いますが、それがしのような田舎侍に山吹殿がこれだけの情けをかけてくれるなど、思いもよらぬことでした。生涯忘れませぬ」

「式部殿の心意気を見んしたからな。応えねば花魁ではなくなりますえ」

「山吹殿……！」

立ち上がりかけた式部さんが名残惜しそうにあたしを見る。

その頬に軽く唇を当てて、あたしはすぐに離した。

「一度も床の話をせんかった式部殿へ、これも花魁の心意気でござんす」

ちゃりり……式部さんが残してくれた簪を振るととても綺麗な音がする。

本当に苦労していいものをオーダーしてくれたんだな……。銀の粒の丸さひとつひとつに少しも歪《ゆが》みがない。

その音を聴きながらあれからの怒涛《どとう》の日々を振り返る……。

お内儀さんにはひと月と期日を切ったけど、それどころじゃなかった。

SNSも雑誌もない世界の口コミをあたし、舐《な》めてた。

まずその日の夜見世に式部さんの朋輩だという人が来て、「刑部《おさかべ》の夢を叶《かな》えてくれてまことにありがたし」と深々と頭を下げられた。

その人が式部さんが言ってた冗談ばかり言ってる江戸詰めの人で、国元にいるときに式部さんからさんざんあたしの話を聞かされてたらしい。

でも江戸に出てきて、田舎侍が吉原《よしわら》でどれだけ馬鹿にされてるかわかって……裏も返せ

084　花魁がよくつけているなんかいろいろついている超豪華な簪です
085　頭の固い生真面目な人をこういってからかいました
086　吉原で最高に粋なのは、昼見世にさっと訪れ花魁と飲食をしたりするだけで床入りせず帰って行く人だと言われていました。揚げ代を考えるとなかなかできない贅沢な遊びでした

ない式部さんにはきっと花魁《おいらん》のあたしは会わないと思ってたんだって。だけど可哀《かわい》そうで言えなかったって。

「それがあのような粋な気働き……刑部は江戸屋敷でも公務のないときはいつも山吹殿の話をしておりました。夢見た天女は心根も天女であったと。刑部は国元で奉行を勤めておりますから、もう江戸に来ることはないでしょう。かわりに私が山吹殿の馴染《なじみ》となりたき次第。幼少のころからの朋輩に、あのような嬉《うれ》しき顔をさせてくれたせめてもの礼……」

それを皮切りに。

松平《まつだいら》さまの江戸屋敷の人たちや、そこから噂《うわさ》を聴きつけた人たちがどんどんあたしを指名しまくって。今では。

『巳千歳の山吹は人情篤《あつ》く粋なことこの上なし』

……らしいよ……あたし……。

いやいいんだけど！

昼も夜も廓《みせ》は大賑《おおにぎ》わいだし、相乗効果であたし以外を指名するお客さんも増えてるし、山吹が考えた料理ってことで恋秘《コーヒー》と景気《ケーキ》も売れまくってるし！

でも！　疲れたあああ！

キャバは夜だけだったからなあ…。昼も仕事がある花魁て何気にきつい。

「はふう……」

でも本物のナンバーワン花魁は毎日がこうなんだよね。

だったらあたしもやってやろうじゃん！

なんて思わず拳を握って構えたりしてると、桜《さくら》と梅《うめ》の声が聞こえた。

「山吹どん、わっちらになにやらご用事でありんすとか。入りんす」

慌てて拳を収めたあたしは、その声に応える。

「お入りなんし。今日は琴の稽古をささんすよ。ただの琴の音《ね》ではなく花魁の琴の弾き方の稽古でありんすよ」

「それはほんに有難《ありがた》きこと。されど山吹どん、少しは休みなんし……。わっちらにまで気ぃを遣わんでくだしんす」

桜がそう言うと、梅がことりと無言でコーヒーとケーキを卓の上に置いてくれる。

「恋秘、よう売れてるそうでござんす。景気も。……どうか、夜見世が始めるまで山吹どんは息を継ぐ[087]ようおがみんす」

「そうは言っても、近頃は二人に稽古をつけることが減って、わっちは気が急《せ》いてたまりんせん」

「いな、生意気を申しんすが、山吹どんが寮で教えてくだすった唄い方、二人でいつも精

087　一休みすること

進しておりんす」

「このごろは、口を大きゅう開けることも少のうなりんした」

梅が可愛《かわい》らしいおちょぼ口で一節《ひとふし》唄う。

おいいじゃんいいじゃん。

上手かよ！

「あ、それでは、わっちらの唄を聴いてくだしんす。稽古が行き届いているか、山吹どんに聴かせとうござんす」

「ああ、梅、そういたしんしょう。山吹どんはそこでゆっくりしておくんなんし」

……いい子たちだなー……。

ぽかぽか陽気にコーヒーとケーキ。それに綺麗な声の唄……。現代に戻ったみたい……。

あ、ちょっと眠いかも……。

「山吹！」

やり手の大声が聞こえて、あたしははっと体を上げる。

卓に突っ伏して寝ちゃってたみたいだ。

そっか、桜と梅はあたしを休ませようとしてくれたんだね……ありがと。

て、なんでやり手が、こんななんて例えたらいいかわけのわかんない顔してんの？

あたしやらかした？

「あんた、松平のお殿さまがあんたに会いたいってさ！」

えええええ！

「この前のりゃんこにおまえのことを聞かれたそうだよ！　はあ、あんた人を見る目があったんだねえ」

ううっそー！　マジ？

ヤバい！　パない！　三十一万石！

式部さんありがとう！　枝どころじゃなくてあなたは大木を連れてきてくれました！

慌てた様子のやり手に連れられていつもの引付座敷《ざしき》へ向かうと、そこはもう芸者衆の嬌声《きょうせい》や幇間《ほうかん》の笑い声で溢《あふ》れていた。

その真ん中ではくつろいだ様子で、この時代にしては大柄な男が座ってる。

あれが松平のお殿さまかあ……。

「おう、そなたが山吹か！　はよう！　はよう！　ああ、おまえはもういい！」

それまで横についてお酌をしていた芸者のお姉さんが突き飛ばされ、きゃっと声をあげる。

うわ。ひく。マジありえんし。

「刑部からおまえの話を聞いてな。粋で気風のいい当代随一の花魁だと……わしもいろいろ遊んでは来たが、こんな廓《みせ》にそんないい女がいるとは知らなんだ。各地の茶の報告なぞよりよほど役に立ったわ！」

あーコイツあれだ。

俺、金あるし遊び慣れてるしイケてるっしょ。だからアフターでホテル行こう系。

別にそんなの全然イケてないのに。店のことサゲてあたしのことアゲられても全然嬉しくないのに。それもわかんないダサダサ男。

「しかしそれにしては随分と可愛らしい顔をしているな。まだ生娘《きむすめ》のような……刑部もその差に参ったか。なるほど、真面目一辺倒かと思っていたが初会で床入れとは、あやつもなかなかやりよる」

っ……ざけんなよこのバカ殿！

式部さんはそんな人じゃない。あたしに礼を尽くしてくれたからあたしもそれに応えたんだ。初会だけどキスしたんだ。

だから式部さんはあたしのこと、一生忘れないって。

あたしだってきっと、式部さんのこと忘れない。

二度と会うことはなくても最高のお客さまとして……。

あたしはお殿さまの上座にできるだけ離れて座る。壁に背中がくっつくくらいに。

もちろん目も合わせないし口もきかない。

遊び慣れてるんならわかるでしょ？　これが花魁の本当の初会のやり方だよ。

不機嫌そうなあたしに気を遣ったのか、幇間が盃《さかずき》を持ってくる。

あたしはそれをぐいと飲み干す。

花魁のルールは破らない。

でも、それだけ。

それ以上のことは絶対しない。

どんな御大身でもプライドまで売ったら、ナンバーワンの鉄火のアンナはただの売女《ばいた》に堕《お》ちるんだよ！

「これ山吹、愛想がないのう。なんだ、揚げ代では不服か？　ではこちらも粋なところを見せてやろう」

くい、とお殿さまが顎をしゃくると、幇間が小判を座敷にばらまきだした。

「山吹殿にふさわしい山吹色の花を咲かせましょう。芸者の姉さん方もさあどうぞ。殿のお慈悲でございまするー」

音を立てて座敷に降り積もる小判。さっき突き飛ばされたお姉さんも必死で拾ってる。

ダセェ。

あたしの頭の中でなにかがキレた。

そういえばあたし、キャバ嬢だったころから、札束で頭をぶん殴るような客が大嫌いだったんだよね！

あたしはすい、と席を立ち、自分の座敷へと戻ろうとする。

初めて殿さまの顔に狼狽《ろうばい》の色が走った。

「山吹⁉」

「初会でありんす。わけがわからぬのなら細見を見なんせ」

「……刑部には！　刑部には許したくせに！　この女郎《じょろう》め！　まだ金が足りんのか！　ほら、ではもっと撒《ま》いてやる！　拾え！　拾え、女郎！」

「刑部殿とわっちはなにもござんせん。床にも入っておりんせん。わっちのこの振る舞いも刑部殿にはなんの関わりもないこと。まさかこれで刑部殿を責めるような野暮天《やぼてん》ではなさしんすな？　これまでよう遊びんしてござんしょう？」

殿さまがぐっと唇を噛《か》む。

「ゆえに今日はもう帰りんしな」

あーイラつくー！

歴女的に岡山藩は尊敬してたのにあんなバカ殿がいたなんてー！

ばかー！

あたしは自分の座敷で手酌で一杯くいっとやりながら月に吠《ほ》える。

まあいいや。今日はこの後、お馴染の筆屋《ふでや》伊兵衛《いへえ》さまが来てくれる予定だし……。

歴女的にリアルな歴史がわかったって思ってよかったと思っとこ。

あーあ。でもリアルを実際に見ちゃうと嫌な部分もあるんだなー……。

土屋《つちや》さまもそうだったらどうしよう……。と、勝手にしゅんとなってると、ばたばたした足音と悲鳴のような桜と梅の声が聞こえた。

えー、めずらしい。桜と梅はいつも物静かに歩く模範的な禿《かむろ》なのに。

と思ったら。

「山吹どん！　松平のお殿さまの連れの方がお暴れでござんす！」

は？

「[088]刀も無理やり取り返しんして、山吹どんを手討ちにすると！　はよう逃げてくだしんす！」

088　廓に入るときは、帯刀している人物は必ず楼主が詰めている内所に刀を預けるのが決まりでしたはあああ?!

ふざけんじゃねえよ、あの野郎！

「桜、梅、[089]火掻《か》き棒を二本持ってきてくだしんす」

「え、山吹どん？」

「安心なんし。わっちは花魁《おいらん》。これも綺麗《きれい》に片づけんすよ」

あたしは元ヤン時代の顔でにっこりと笑った。


「山吹を出せ！　隠し立てすると為にならんぞ！」と[090]白刃を振り回しながらわめく男。

それを必死でなだめているお内儀さんと、お殿さまに何度も頭を下げている[091]親父《ごて》さん。

その周りをずらりと囲んでいる野次馬の遊女と客の人垣。

それをかきわけ、左右に桜と梅を従えながらあたしはゆったりと歩いていく。

ちょっと花魁道中みたいで気持ちいいかも……。

「やめなんし。わっちは逃げも隠れもしやんせん」

「来たか、女郎！　そっ首落とし……」

「まあ待ちんしな。[092]やっとう使いのお武家さまが[093]空手《からて》の花魁の首を落としたとてなんの誉れにもなりんせん。ここはご勝負と参りんしょう。わっちが負けんしたらこの首を、勝ちんしたらこの場は潔《いさぎよ》う退きなんし」

「はは！　女郎が？　私は長いこと心形刀流[094]を学んでおる。だからかように殿のお供をしているのだ。殿へのあのような辱め……さっさとそっ首差し出すがいい。なに、そのあと私も卑しき者を殺したとして腹を切る。地獄行きは一人連れではないから安心せよ」

「心形刀流……二刀の伝もありんすな。ようござんした。それならわっちも卑怯《ひきょう》と呼ばれずにすみささんすえ」

「なにっ！」

「桜、梅、仕掛の預かりをおがみんす」

桜と梅に重い仕掛を渡し、あたしはまた前へと向き直った。

そして、火搔き棒を両手に構える。

ヤンキー時代のあたしの得物《えもの》[095]、特殊警棒[096]にそっくりなこれが役に立つ日が来るなんてね。

089 かまどや風呂など火を起こす必要があるもののための棒。燃えている所をかき混ぜて空気を通し火の勢いを調整する。固く頑丈な鉄の棒で先がかぎ型に曲がっていることが多いです。長さもあります

090 鞘から抜いた刀

091 楼主のこと。これ以外にも「おやじさん」などの呼び名はありますが、遊女が楼主を名前で呼ぶことは基本はありません。現実で社長を名前だけで呼ばないのと同じです

092 剣術

093 ここでは武道の空手ではなく「手に何も持っていない」の意味です

094 現在は三重県を本拠地とする剣術の流派。二刀流の型もあります

095 ここでは武器のこと。ヤンキー系列の人の言葉です

096 警察官も携帯している強固な警棒です。ヤンキーの人に人気があります（所持は法に触れる場合があるのでご注意ください）

「無手勝二刀流[097]、山吹、参りんす」

「こっの……！　女郎がぁ！」

男がだんっと飛び上がり袈裟《けさ》がけに斬ろうとするのを右手の火掻き棒で受け止めて、そのまま円を描くように受け流す！

左腕の火掻き棒はがら空きになった男の横っ腹に！

甘すぎる！

名乗りを上げてステゴロ[098]、タイマンなんて甘いヤツばっかじゃない世界で生きてきたんだよ、あたしは！

ポン刀[099]だろうが金属バットの集団だろうがこの二本で叩《たた》きのめしてきたんだ！

「二刀を使いなんし！　卑怯と呼ばれるのは花魁の恥！」

「黙れぃ！　女郎！」

殴られたときはうぐっと呻《うめ》いたけど、男は瞬時に言い返してきた。

お殿さまのＳＰに選ばれるだけあっていい根性してるじゃん。楽しいねえ。

でもなんで不利な一刀のまま……？

「お武家さま、二刀が使えんのでござんすか？」

「黙れと言っておるだろうがぁっ！」

あ、ヤバ、地雷踏んじゃったみたい。

男がしゃにむに斬りかかってくる。

ガキッ、ガキッ、ガキッ。鉄が鉄を受け止めるいい音！　あたしの大好きな音！

でもこんなん、踏み込みもなにもかもあまーい！

「されど、人を殺したことのない者に人は殺せませんえ！」

右手の火掻き棒の先端のカギの部分で刃を固定し、男のみぞおちと膝に左手の火掻き棒の先端を叩きこむ！

膝には容赦なく連打！　骨が折れるまで！

男の体ががくんと崩れ落ちる。

仰向けに倒れたその腕の刀をまずは遠くへ蹴り飛ばし、あたしは渾身《こんしん》の力を込めて男へと火掻き棒を振り降ろした。

「女郎女郎と言わせておけば！　鉄火の山吹、お舐《な》めでないよッ！」

真っ青になった男が、火掻き棒が二本とも顔ギリギリで床に突き刺さっているのを見て、

097　無手勝流はここでは自己流の意味で使っています
098　武器を使わないケンカ
099　日本刀

はっはっと荒い息を漏らす。

「……で、ありんすっ」

可愛《かわい》く締めたつもりなんだけど……あれ、なんかしんとしてる。

滑っちゃった？

「さて、これにて山吹の素人芝居、果し合いの段、幕でござんす」

その場ですっと立ち上がったあと、あたしはぱんぱんと手を叩き、お殿さまに向かって一礼した。

「かくも見世物じみたこと、もういかほど小判を積まれてもやりんせんからな」

それから、あたしは親父《おやじ》さんとお内儀さんに目で合図する。

「あ、あああっ、そうだよ。山吹の芝居をただで見ようなんてなんて料簡《りょうけん》だい。さあ座敷《ざしき》へお帰り、お帰り」

名残惜しげな客と遊女をそれぞれの座敷に押し込めていくお内儀さんを横目に、あたしは桜と梅に仕掛を着せてもらう。

そして、倒れたままだったお武家さまの手を取って体を起こさせた。

「わっちは名乗りを上げて勝負をお願いささんした。お武家さまは殿に頼まれてわっちとの勝負の芝居に付き合いなんした。殿もそれでようござんすな。これは私闘ではなさしんす。ただの果し合いのお芝居でござんすよ」

「しかし、こうなれば私は腹を……」

「外様《とざま》のお方が吉原《よしわら》で斬り合いなぞして、あげく腹まで召しんしたら面倒なことになりんしょう。刃《は》引き[100]の刀と火掻き棒の芝居ならお上《かみ》[101]のお叱りも小さくすみなんす。……刃引きでおりんすな？」

お武家さまも頭が冷えたのか、素直にこくこくとうなずく。

いくら松平の名前をいただいていても所詮は外様《とざま》。

無礼討ち[102]を仕掛けて逆に負けたとなったら――それも吉原の花魁に――この人が切腹するくらいじゃやすまない。

藩そのものの御取り潰し[103]や、小藩への所替え[104]になってもおかしくない。

100　切れないように細工のしてある芝居などに使う刀
101　将軍家
102　いわゆる「切り捨て御免」武士の特権でしたが、勝っても処罰や敵討ちの的になる、負ければ切腹と面倒なのでほとんど行われませんでした。また遊里で遊女に負けたとなれば本人だけが切腹する程度ではすみません
103　改易のこと。身分を取り上げ、大名であれば城を含む藩も取り上げられます。事実上の一家断絶です
104　大名が藩を替わること。ここでは罰則的な意味で小さく貧しい藩に左遷されることを言っています

お殿さまも今頃それに気が付いたのか真っ青な顔をしていた。

「ならば人は斬れぬでござんしょう。お芝居、お芝居。わっちが酔狂なお殿さまの頼みで演じた芝居でありんすよ。さ、お武家さまは手当てを受けてくだしんす。思わず力が入ってしまい申し訳ないことをいたしんした」

「……あいすまぬ。御配慮、感謝する」

「気にささんすな。裏を返してもらえなさんせばわっちも困りますからの」

ほかのお供と親父さんに連れられて、とりあえず内所に連れられていくお武家さま。

それを見てふふ、と笑うと、まだそこにいたお殿さまが、がばりと頭を下げた。

「山吹、礼を言う！」

「こちらこそ矛《ほこ》を収めていただきんしたこと礼を申し上げんす。ありがとうござりんした」

うん。これはマジ。

ここであとに退いてくれなかったらどうしようかと思ってたし。

ハラキリ覚悟で向かってこられて人を殺すハメになるのもイヤだし、藩がなくなってご城下の人たちが路頭に迷うのもイヤだし。

「……惚《ほ》れた！」

は？

「惚れたぞ、山吹！　この場においても客を気遣うその気風、刑部の言うとおりそなたは当代随一の花魁だ！　……それにその武の腕……。巴御前《ともえごぜん》[105]や鶴姫[106]のよう……。武と美、そなたはわしのまこと好いたらしい女よ……」

……火掻き棒で一発ぶん殴ったら正気に戻るかな、この人。

「そなたをまた腹立たせてしまうかもしれぬが、今日の迷惑の値として小判を贈りたい。……すまぬ……わしはこのような方法しか知らぬのだ……」

「わっちは充分な揚げ代をいただいておりんす。それは親父さんとお内儀さんに……ああ、冥土まで付き合うと駄々をこねんしたわっちの禿《かむろ》らに小遣いの小判を一枚ずついただきんしょう」

「それではわしの気持ちが……」

「また来てくだしんす。それがなによりわっちが喜ぶことでありんすえ」

「来ても良いのか。このような騒ぎを起こしたのだぞ」

「ようござんす。ただ、もう芝居をさせるのは勘弁してくんなんし。それともう少しお口

105　美貌を謳われた女武者。実在の書に「一騎当千」と書かれたほど強いです
106　水軍を率いたとされている姫武者。実在を疑う説もありますが、作中では実在として扱っています

に気を付けなんせ」

「うむ。そなたの言うことはもっともだ。次は気を付ける。そなたはまことに好《よ》い女だな」

なんかこの人と話してると力が抜けるー……。

この人、ただのバカでそんなに悪い人じゃないのかもなー……。

叱られた犬みたいな顔になってるしなー……。


「これが筆屋伊兵衛さまが仕立てんした仕掛でおりんすか。ほんに綺麗《きれい》……」

「伊兵衛さまが天女の羽衣と言いささんすのもまこと。白絹に金糸が映えて……今にも羽が生えそうでござんす」


あの大騒ぎから一夜明けて。

桜と梅は約束通り伊兵衛さまが仕立ててくれた仕掛を前にうっとりしてる。

うん。確かにすっごく綺麗。

でも問題は、昨日の騒ぎをあれから登楼した伊兵衛さまに知られて、しかも気に入られちゃったことなんだよね……。

叱られた犬みたいになってたお殿さまと、片足を引きずったお武家さまと、そのお連れたちが帰って間もなく、前々からの話の通り、筆屋伊兵衛さまがあたしに会いに巳千歳に現れた。

もちろん伊兵衛さまは馴染《なじみ》だからすぐにあたしの座敷に通す。

網を打ったあたしの前に、伊兵衛さまはにこにこと満足げな顔で大きな包みを運ばせてきた。

「山吹、約束の仕掛ができた。開けてみなさい」

運ばれてきた包みの糸を開くと、そこには真っ白な絹の一面に山吹の図柄が金糸で厚く刺繍《ししゅう》してある見事な仕掛が収められていた。

「まあ、ほんに麗しゅうおりんす……」

綺麗だけどそれだけじゃない。

これを仕立てるのにはずいぶん値も張っただろう。

刺繍は分厚く施されている方が手間も技術もいるから高価なんだ。

しかもこの時代では手縫いしかないからよけいに。

「であろう、であろう。儂《わし》の可愛い山吹が着るものだからな。山吹の麗しさにに負けぬ仕掛でなくては。これでもう心に地獄花なぞ咲かぬだろう？」

「あい。まっことお気持ちわかりんした。もう勝手は申しんせんえ」

「しかし、鉄火山吹にはまた違う仕掛が要《い》りそうだな。黒地に赤の紋散らしなぞ、炎のようでよいな。火搔《か》き棒の簪《かんざし》も作るか」

え？

マジ？

もう話廻《まわ》ってるの？

やばいやばいやばい。伊兵衛さまは上客なのにドン引きされたらどうしよう。

「もう少し早く着けば山吹の大立ち回りを見られたというのに惜しいことをしたわ」

えええ？　なにそのリアクション。

見たかったの、アレ。

「大立ち回りなぞ……」

「良《い》いではないか。世に名を残す花魁《おいらん》はみな二つ名を持つもの……。紺屋高尾《こうやたかお》、丹前勝山《たんぜんかつやま》、ならば鉄火山吹がいてもおかしくはない。しかし、この細い手が武家を倒して啖呵《たんか》を切るとはな」

伊兵衛さまの手があたしの腕を取りしげしげと見回す。

「あれ、恥ずかしゅうござんす」

「儂とおまえの仲で今更なにを。儂は嬉《うれ》しくてたまらんわ。今日明日にもおまえの話は出回るだろうが、その鉄火山吹と儂は旧《ふる》い馴染だと言えるのがな。だが山吹、やっとうなぞどこで覚えた？」

「わっちらはなにごとにも通じておりんすのが商いゆえ……」

「それでやっとうもか！　見上げた根性よ！　あれを身請けさえしていなければなあ……。のう、山吹、せめて儂の前でもその立ち回りをしておくれ」

「あ、あい……」

ドン引きされずに喜ばれたのはいいけど。

恥ずかしかった。

うん。正直に恥ずかしかったです。

なんで誰もいない空間に向かって火掻き棒振り回して、「鉄火の山吹、お舐《な》めでないよッ……でありんすっ」なんて言わなアカンの……なんの拷問なの……。

第四話　髪切りの対価

まだ昼見世が始まる前だった。

ふえぇ、ふえぇ、と細い泣き声が襖《ふすま》越しに聞こえる。

それに混じって小さな涙声も。

これ、桜《さくら》……？　梅《うめ》……？

[107]「こたあ頭、山吹《やまぶき》どんに会わせる顔がありんせん」

「桜姉さん、それはわっちも同じ。それでも山吹どんに詫《わ》びを入れにゃあなりんせん」

「わっちら、お座敷《ざしき》に出られや……しやんせんもんなあ……」

え？

なにそれ！

あたしが襖を慌てて開けると、目の前には髪を切られた桜と梅がいた。

「桔梗《ききょう》どんが来んして……」

「なにが三十一万石だ、鉄火の山吹だと……」

すんすんと鼻をすする二人の顔を懐紙で拭ってやりながら、あたしは話の続きを聞く。

どうやら、馴染に振られた桔梗が酔って桜と梅のところに押しかけ、なんだかんだと因縁をつけて髪を切ったらしい。

それでもまだほんの少し理性は残っていたようで、二人の髪はばっさり切られたわけではなく、毛先をギザギザにされただけだった。

でも。

毛一筋乱さずにきっちりと結い上げるのが美しいとされていたこの時代にこれはキツィ。

短いとこに合わせて毛先を切りそろえたら、いくら頑張っても丸髷《まるまげ》[108]になっちゃいそうだし、いつもみたいに豪華に結ったら、びんつけ油で固めてもツンツン毛先が飛び出しちゃいそう……。

「まっこと申し訳ござりんせん……。わっちらの落ち度でござりんす」

なんで謝るん、桜？

107　江戸言葉。こんな

108　わりとすっきりした髪の結い方。遊女も結うが花魁は結わない。どちらかというと主婦や年齢層の高い落ちついた人向けですなんであたしのことをすまなそうな顔で見るん、梅？

違うじゃん！

悪いのは桔梗じゃん！

二人が謝る必要、ない！

大丈夫！　あたしがなんとか二人をお座敷に出せる頭にしてみせる！

「謝りんすな。ことのはじめは桔梗。二人に罪はありんせん。安心なんせ。わっちがうまくやりんすよ」

二人の肩をポンポンと叩《たた》いて、あたしはにっこり笑って見せる。

「のう、桜、梅、わっちが負けたことがありんしたか？」

火鉢に火箸の片方だけを埋めて、片方は外に出るようにしておく。

それが充分に熱くなったところで抜いて、灰を落とし、「桜、来なんし」と呼んだ。

桜の目が怯《おび》えを帯びる。

だから「こたあ物で罰など与えやしやんせん」と付け加えて、もう一度桜を呼んだ。

おずおずと近寄ってきた桜の髪を手に取り、火箸で毛束を挟む。

そう！　火箸の役目はキャバ嬢御用達《ごようたし》のヘアアイロン！

片方がゲキアツで片方が冷えてる細長い鉄の物体とかマジアイロンじゃん？

うちらはこれでぐるぐる盛り髪作りまくりだったから、使うのにも自信あるし！

それから、このびんつけ油[109]ってのは江戸時代っぽく髪を結うときに必須の物なんだけど、「油」なんていうくせに、超固いねばねばワックスと変わらない。だから、うちらが盛り髪するのと同じ感じで使えるしねー。

「熱ければ遠慮なく言いなんし」

そう言葉をかけながら、あたしは桜の髪をキャバ風盛り髪に、でもこの時代の流行にも合わせて、ふわふわアホ毛つきじゃなくて、びしっとまとめながら巻いていく。

もちろんなんちゃって髷《まげ》も作って。江戸の遊郭でも違和感がないように＋盛り髪のボリュームに負けないようにつまみ細工の花簪《はなかんざし》[110]や、布張りのふわふわハデな櫛《くし》で飾って……。

うん！　細かくブロック分けして巻いたからツンツンも出ないし、よきじゃん？

つか、こゆ盛り髪も可愛《かわい》いかもー！

ハンパな遊女風盛り髪より着物映えする！

それに、どうせうちら遊女は月イチでしか髪を洗えない[111]から、このまま一か月もすれば

109　江戸時代のワックス。髪を結う時必ず使いました。ものすごくねばねばで髪をがちっと固めてくれます
110　造花や花かんざしで髪を飾れるのは町娘なら嫁に行くまで、遊女なら禿までした。それ以降は「もう娘ではない」ということで銀や鼈甲細工などに移行していきます
111　遊女の待遇が悪かったわけでなく、この時代の女性は入浴はしても半月やひと月は髪は洗わないことが多かったのでした。びんつけ油のねばねばを落とすのに手間がかかるのと、髪をまた結うのも大変だったからです

次の洗髪日には毛先を整えることができるし、そのくらいの間なら山吹の酔狂でこの盛り髪も通るでしょー。

「できんした。桜、鏡を見なんし。山吹髷でござんす」

「わ。こたあ髷、見たことござりんせん」

「わっちの考えた型でありんすからな。これなら髪を切られたこともわかりんせんえ。不満やもありんせんが、髪が伸びるまで辛抱しなんし」

「辛抱どころか……あの髪を見事な型に仕上げてくださりんしたこと、ありがとうござりんす！」

「桜姉さん、よう似合っておりんす」

「なにを他人事《ひとごと》のように……次は梅の番ですえ。はよう来なんし」

梅の髪も火箸へアアイロンで巻きながら、あたしは桔梗のことを考えていた。

あたしじゃなくて、あたしの可愛い禿《かむろ》に手を出すなんてねえ……この値段は高くつくよ、桔梗。

「山吹、悔しくはないのかい」

「なんでござんしょう」

まだ指名のない昼見世。

伊兵衛《いへえ》さまへ仕掛の礼の文《ふみ》を書き終わり、国元へ戻られた式部《しきぶ》さんへの様子うかがいの文を書いている途中、やり手[112]がだしぬけにあたしの座敷へと入ってくる。

「あんたに惚《ほ》れた松平《まつだいら》のお殿さま、今日は桔梗のところへ通うそうだよ。総揚げ[113]にしてさ」

「さよでおりんすか」

「気のない返事だねえ。やっとう使いをやり込めたあの意気はどうしたんだい。あたしゃ、お内儀さんと同じでさ、近頃あんたにゃ肩入れしてんだ。よく稼ぐし、あの大騒ぎも三方両得で収めてみせた。粋も稼ぎも器量のうちなら桔梗よりあんたの方が器量良しだ」

「そうも褒め畏《かしこ》まられんすと、なにやら座り心地が悪うござんすなあ」

「別になにも企《たくら》んじゃあいない。今更[114]、お殿さまに桔梗に鞍替《くらが》えされちゃあ、廓《なか》の流儀にも反するしねえ。かと言ってお殿さまの髷を切るのも穏やかじゃあない。だが、あのお方、あんたにぞっこんだろ。あんたがひとこと言やあ、あんときみたいに話がすむんじゃない

112　遊女を管理する女性です。たいていは年季のあけた遊女がなりました。ときには遊女に罰を与えたりする憎まれ役で、遊女には好かれていない場合が多いです

113　遊郭を一件貸切にすること。とんでもない金額がかかるので遊郭と揚げられた遊女は大喜びです

114　ある程度格のある遊女屋、特に花魁に関しては一度指名したらその花魁を馴染にし続ける永久指名制でした。破った男性はまげを切られる、女装させられて大勢の前で笑いものにさせられるなどの慣習がありました

かと思ってね」

「そこまで言いんすなら、揚げられたときに申してみんす。されど、聞くか聞かぬかはわかりんせんえ」

「あんたにしちゃあ随分威勢が悪いが、まあ仕方ない。頼んだよ」


その日の巳千歳《みちとせ》は清掻《すががき》[115]が鳴り響き、大行灯《あんどん》[116]がともる前から大わらわだった。

なにしろ、お殿さまがやろうとしている総揚げというのは、目当ての遊女を一人だけ指名して遊ぶ普通のやり方じゃなく、廓《みせ》に所属している遊女や芸者を全員集め、お殿さまご一行だけがその中で思い切り遊ぶことなんだから。

つまり、現代風に言うと、貸し切り。

それで当たり前だけど、これはアホみたいにお金がかかる。

だってキャバクラやホスクラを一晩貸し切りにするのを考えてみ?

店のランクにもよるけど、なんとなくすごい金額が動くのは想像つくよね。

それを聞いて桔梗は喜々として化粧に励んでるらしい。

そりゃそうだ。今夜の主役だもん。

「山吹どん……。ほんになにも申さんとようありんすか」

桜が遠慮がちに聞く。

梅も横でこくこくとうなずいていた。

「お殿さまは廓《なか》のことがようおわかりではないのやもありんせん」

桜が言いたいのは、同じ廓《みせ》の中で馴染《なじみ》になった遊女を途中で変えるのは半ばご法度になっているということだろう。

「なに、あのお殿さまは道中をやるような花魁《おいらん》と普段はあすんでおりんす。わっちの言葉なぞ釈迦《しゃか》に説法でござんすよ」

「そうは言っても桔梗花魁のあの様《さま》。わっちは悔しゅうて悔しゅうて……」

「桜、梅、前も言いなんしたが、わっちが負けたことがありんすか？　わっちは鉄火山吹でござんす。安心なんし。負けるぐらいなら喉を突きんしょう」

115　夜見世が始まる合図。輪番で廓の新造たちが三味線などをかき鳴らし道を練り歩きます
116　夜見世が始まるときに灯します

大座敷にずらりと並ぶ巳千歳の遊女と芸者たち。

その中心で桔梗は得意げに笑っている。ときどきちらりちらりとあたしを見ながら。

嬉《うれ》しくてたまらないんだろうなー。勝った！　って思ってるんだろうなー。

「山吹どん、山吹どんの座敷に戻りんすか……？」

「戻りんせん。わっちも巳千歳の抱え花魁でありんすからなあ。ああ、お殿さまが来なんしたえ」

この前よりも増えた気がするお供を従えて、お殿さまが大座敷へと入ってくる。

足を引きずったお武家さまに黙礼され、あたしはそれに軽くうなずいた。

桔梗の笑みが勝ち誇ったようにいっそう深くなる。

そして、お殿さまに向かって桔梗が「ござんせ」とお決まりの挨拶を投げかけようとしたとき……お殿さまはその前をすっと通り過ぎてあたしの前に立った。

「山吹！　恋しかった！」

桔梗の唖然《あぜん》とした顔。

悪いね、桔梗。あたしの可愛い桜と梅に卑怯《ひきょう》な手を出した対価はここでこれから支払ってもらうよ。

「山吹、前よりも好《よ》い女になったな」

啞然としたままの桔梗には構わずに、お殿さまがあたしの前にどっかりと座る。

「あれ、殿さま、まだ逢瀬《おうせ》は二度目でありんすよ」

「女子《じょし》[117]、三日会わざれば括目《かつもく》してみよ、だ」

「わっちは呂蒙《りょもう》じゃありんせん」

「うむ。そなたは貂蟬《ちょうせん》[118]だ。剣を持って舞う傾国《けいこく》……。一人で国を滅ぼせるのだから、そなたは強いの」

「お口がうまくなりんしたなあ」

「惚れたからな」

「されどわっちは殿さまを滅ぼしたりはしやんせんよ。貂蟬は情の女。わっちが貂蟬なら殿さまは王允《おういん》[119]でござんす」

117　男子、三日会わざれば括目してみよ。という三国志由来の故事成語をもじった言葉です

118　三国志に登場する美女。悪政を行っていた董卓＆呂布の仲良しコンビを内側から切り崩すため、自ら志願して後宮に上がった智と度胸の女性。現在では架空の人物と言われています

119　貂蟬の育ての親。互いに全幅の信頼を置きサポートしあいます。上のようなことから、山吹と殿さまが交わしたのは、互いの教養を試すような会話でもあります

「これはこれは。振られたのか褒められたのかわからんわ」

「それは自分で考えなんし。ただ……貂蝉は王允を信じておりんした」

「なるほど。……のう、まっこと好い女であろう？」

お殿さまが後ろに控えるお供の人に話を振る。

あ、この前、足を叩きまくった人でした……。

ええと、その節はご迷惑をおかけしました。ごめんなさい。

「は」

でも、その人がにこりと笑ってうなずいてくれてあたしは安心する。

さっきも一礼してくれたし、松平のお家《いえ》大事に考えたあたしのことをわかってくれたんだ。

うん。素直にうれしい。良かった。

「ところでわしはそなたを括目させられたか？」

「あい。書を語り、想《おも》いを語る、かような深き方とはわっちの思ってもみぬことでおりんした。初手《しょて》からそう指してくだしんすば、わっちもあのような立ち回りさんとすみなんしたのに……。憎い方でおりんす」

「叩《たた》くな叩くな。わしは女子《おなご》というのを見下げておったからな。衣と小判を与えれば、あとはきゃっきゃと笑っておる。だが……それだけではないのだな」

「女子はみな心の中に蔵を持っておりんす。それを開けるか開けぬかは相手次第。殿さまが見下げた女子も蔵を開けぬだけやも知れませんえ」

「これは一本取られた。……ところで、桔梗というのはあれか？」

お殿さまが、わけがわからないと言いたげにして、言葉も出せずに震えている桔梗に目をやる。

「あい」

「なぜそなたを差し置いて上座に」

「本日は桔梗殿総揚げでおりんすれば」

「そうは言ってもわしが会いに来たのはそなたよ。朋輩《ほうばい》の桔梗が客に振られたから慰めてくれと頼むそなたの顔を立て、廓《くるわ》の掟《おきて》も破り……」

「あ、お殿さま、それより先は言っちゃあなりんせん」

「良《い》いではないか。わしはそなたのその心根に惚れたのだ。自らの廓《みせ》の掟を破ってまで輩《ともがら》[121]に心を配るなど、なまなか[122]志《こころざし》でできることではないわ。だからわしは今日、総揚げをすることに決めたのだ。桔梗、悪いが山吹と席を替われ」

120　将棋用語。初手は初めに指す手のことで、それと初会の殿さまの態度をかけています
121　仲間
122　中途半端

「おやめくだしんす。桔梗花魁がお気の毒……」

「下座の花魁と座るのはわしの流儀にあわん。それが惚れた女なら尚更《なおさら》だ」

「仕様がない方でおりんすなあ……」

ほら、桜、梅、ちゃんと見てる？

次に桔梗がなにか仕掛けたら喉笛を切るって言ったよね。

あたしのことだから本当に切るって思ってたかもしれないけど、こういう切り方もあるんだよ。

巳千歳の従業員が全員集まる前で恥をかく。花魁にとってはいちばんイヤなこと。

ねえ、あたし、少しは二人のなくした髪の代わりになれたかな？

「お内儀、良いな？」

お殿さまに促され、お内儀さんは慌ててうなずく。

桔梗は目を見開いて茫然《ぼうぜん》と立ち上がり、あたしは空いたその席へゆったりと網を打つ。

もちろん、桜と梅もあたしの両隣に。

「うむ。これでよい。では山吹に先日の礼を」

え？

もうイヤな予感しかしないんですけど。

これリセットしていいですか？

「鉄火山吹にふさわしい絵図はこれしかなかろう」

お殿さまが誇らしげにばさりと広げたのは、赤繻子地《あかしゅすじ》の背にぶっ違い[123]の金の火掻《か》き棒が織り込まれた金襴《きんらん》[124]の仕掛。

うわあ……。

「どうだ！」

どうだ！　って、うわあ……としか……。ええええ、これ、あたし、着るの？　マジ？

「い、勇ましゅうて良き仕掛でありんすなあ……」

「だろう？　随分と値が張ったがな、山吹にふさわしい……ああ、このような話をすると、また振られてしまうな。それから、これだ！」

桐《きり》箱の中に納められていたのは金の火掻き棒（原寸大）だった。

うわあ……。うわあ……。

絶対この人お金の使い方間違ってる。

いや、人として根本的に間違ってる。

123　同じ模様を斜めに交差させたもの。海賊の旗のドクロマークの骨の部分を想像してください

124　最高級の織物。超高い

「わしがまた過《あやま》とうたらこれで叩け。あ、軽くな。ごく軽くで頼むぞ」

「あい。承知いたしんした……」

[125]「ういのう、ういのう」
お殿さまが桜と梅を見て楽しそうに目を細める。

「かような髷《まげ》、初めて見たわ。山吹は禿《かむろ》まで一流だの」

「山吹どんが考えんした山吹髷でおりんす。手ずから結っていただきんした」

「この髷でお座敷《ざしき》に出るのも初めてでありんす」

「ほう、そうか。わしは新しいものが大好きだ！　山吹、良いもてなしに謝しようぞ」

「つたなき腕が喜ばれてなにより。[126]株は持っておりんせんが、わっちの禿の髷を結うくらいならお目こぼしいただけんしょう」

「ははは。株を買ってやろうか？」

「わっちが髪結いになって花魁でなくなっても殿さまはようござんすか？」

「……それは困る」

「で、ござんしょう?」

「うむ。そなたにはいつでもわしの話し相手になってもらわねば嫌なのだ」

「あれ頑是《がんぜ》[127]ない。子供のようでありんすなあ」

そう言いながらカリカリと手の甲を爪で軽くひっかいてやると、お殿さまが目をぱちぱちさせた。

……可愛《かわい》いかも。

「こ、子供じゃ。山吹の前では子供なのだ! 悪いか!」

「ちぃとも悪うござんせん。嬉《うれ》しゅうおりんすよ。松平の名を戴《いただ》く大大名がわっちの前では一人の童《わらわ》……。愛《かな》[128]しゅうてたまりやしゃんせん」

「そうか」

「あい」

「ならば、そ、その、わしがこれからも通っても迷惑ではないか」

「あれあれ、この童はなにを言うのやら」

125 可愛い。目下、年下に使うことが多いです
126 江戸時代は髪結いは幕府に上納金を納め、「株」という権利を買うことで営業していました。無許可営業はダメです
127 聞き分けのない子供のことなどを言います。ここでは山吹がお殿様を子どものようねとからかうのに使っています
128 さまざまな意味での好意を表せる言葉です。ここでは萌えて愛しくなっちゃう的な意味で使っています

あたしは上からお殿さまの手の甲を包むようにして、指と指をからませる。

「わっちはいつでもここで待っておりんす」

そのまま目を合わせて笑ってみせると、お殿さまはあさっての方向を向いて口をとがらせながら、「そうか、そうか」と繰り返す。

……うん。可愛い。意外とこの人純情なのかも。

純情さが向く方向が天然すぎてちょっとアレだけど。

「ま、まあそんなことはどうでもいいのだ！　わしのような客が通うのは巳千歳にも山吹にも誉《ほまれ》あることだろうからな！」

ほらね。

この人は天然のちっちゃな子供の部分を持ってるんだ。

もー！　可愛いかよ！

「あいあい、そうでござんすよ」

だからあたしもついついお母さんの気分で答えちゃう。

「この景気《ケーキ》もうまいな。松葉を飾ったのは」

「松平さまを迎えるからでありんす」

「気がきくの。良い気分だ。味も良い。そなたが考えたというのはまことか？」

「まことでおりんすよ」

「学と美は花魁《おいらん》なら皆持つが、武と飯炊きもできるのはそなたくらいであろうなあ……。珠玉とはかようなものを言うのであろう……」

「……ちょいとお口を開けなんし」

「ん？」という顔をしながらそれでも素直に口を開けたお殿さまにケーキをあーんする。

「あんまり褒められんすとなにやら体がかゆうなりんす」

そして、むぐむぐ口を動かしているお殿様の唇に「しーっ」の形で人差し指を当てた。

お殿さまのむぐむぐが急に早くなる。

ぷはっと口を開けたお殿さまが、コーヒーを急いで口に含む。

「危ない危ない。相手が貂蝉であったのを忘れておったわ」

座がどっと沸く。

桜と梅も笑っていた。

あー、よかった……。ようやく笑ってくれたね。

「貂蝉に手ずから菓子を貰《もら》い、わしは本当に愉快だ。董卓《とうたく》にも呂布《りょふ》にもこの貂蝉はやらぬ。お内儀、もっともっと盛大に宴《うたげ》をせよ。わしの貂蝉と禿に恥をかかせるな」

「畏《かしこ》まりました！」

お内儀さんが芸者衆のお姉さんになにか耳打ちして、小走りで部屋の外へ消えていく。

たぶん、追加の台の物を手配に行ったんだろう。

芸者衆のお姉さんも、なんとなく中国っぽい踊りを踊りだした。

あ……！　わかった！　あの有名な貂蝉の舞を即興で真似《まね》してくれてるんだ！

さすがプロ……！

それに会わせてアドリブでオリエンタルな音の三味線を鳴らし出す人たちもプロ……！

やっぱ吉原《よしわら》ってすげい！

「そういえばこの、うい髷の禿らは名はなんという」

「桜と梅でござんす」

「そうか。桜と梅、小遣いじゃ。……このくらいならよかろう？」

「あい。この子らはほんに忠義者。殿さまからも褒めてやってくだしんす」

「山吹の認めが出たぞ！　ほれ、受け取れ。菓子でもなんでも買うがよい。わしはこの山吹髷がまこと気に入った！　忠義者も好きだ！　桜、梅、そなたらも山吹ともども引き立ててやろう！」

「ありがとうございりんす」

「嬉しゅうおりんす」

ちんまりと座っていた桜と梅が微笑《ほほえ》むと、座もなんとなく穏やかに緩む。

蚊帳の外の桔梗を除いて。

桔梗はただただ強張《こわば》った顔で空中を見つめていた。

「後朝の別れとは寂しいものなのだな」

大門の前に立ったお殿さまが、めずらしく憂鬱そうな顔をする。

「あれ、お殿さまなら、かようなことさんざん味わっておりんしょう」

「ああ。だが、寂しいと思ったのは山吹が初めてだ。なにゆえだろうな……」

「それはご自身で考えなんし」

お殿さまの頬に指を添えてあたしは微笑う。

ほんとはその理由はわかるけど教えてあげない。

それは、自分で見つけないと意味がないから。

「ふぅむ……そなたはいつもわしに手厳しい。また来るからな。……来てもよいな？　山吹」

「あい。お待ちしておりんす」

お殿さまの手を恋人繋《つな》ぎして持ち上げ、互いの小指の指先に軽くキスする。

「ゆびきりげんまん。安心なんし。わっちはいつでもここにおりんすよ」

「不思議なものだ。そなたのその言葉を聞くと安心する」

「ならば何度でも言いんしょう。わっちはここにおりんす。どこにも行きやしやんせん。ええ、どこにも行きやしやんせん……」

そう言いながら、あたしはお殿さまの体を軽くハグする。ここにおりんすからな、どこにも行きやしやんせんからな、と繰り返しながら。

だって、体は大きいのに、そのときのお殿さまはなんだか迷子になった小さな子供みたいに見えたんだもん。

お殿さまたちのご一行が大門をくぐって駕籠《かご》に乗り帰って行く。

あたしはそれを見えなくなるまで見送った。

お殿さまの見送りも終えて、さあ昼見世まで仮眠だー！　と無駄に気合を入れて巳千歳に帰ると、あたしの前には理解不能な光景が繰り広げられていた。

これ、どうツッコんだらいいの？

上がり口で土下座させられている桔梗、鬼の形相で竹刀を握ったやり手、苦りきった顔のお内儀さん。

えええええ？

あたしがちょっと出てる間にいったいなにがあった。

「桔梗に白状させたよ。あんたの禿の髪を切ったのも、あんたの仕掛を汚したのも。なに、あんたは常と違って妙に威勢が悪い。だが座敷を覗《のぞ》いてみりゃあ、お殿さまは桔梗総揚げのはずがやっぱりあんたにぞっこん。こりゃおかしいと思ってね」

「あたしも座敷で話は聞いてたからねえ。山吹、ありゃあ、あんたなりの意趣返しだったんだろう？　廓《みせ》に損はさせず桔梗にも損はさせず、ただ満座の中で恥だけかかせる。あんたらしい、うまいことをしたもんだ。ほら、桔梗、礼を言いな。山吹はあんたにも金が落ちるようにちゃあんと落としどころを考えてくれたんだよ」

伏せたままの桔梗の肩がびくっと震える。

「普通の女郎ならその場で髪ぃひっつかんで打擲《ちょうちゃく》するところだ。この山吹だからこらえてくれたんだ。いいかい、あんたは恥はかいたが損はしちゃあいない。だからさっさと山吹に礼を言うんだよ！」

「こ、こたびは……お心遣い、ありがとうござりんした……」

「それだけかい、桔梗！」

ぴしゃりとやり手が竹刀を鳴らす。

「こ……このような不心得……二度とはせんと誓いんす。山吹殿とその禿……ほんに申し訳ないことをささんした……」

「まったく本当に不心得だよ！」

土下座したまま細い声で続ける桔梗に吐き捨てるような声を浴びせて、お内儀さんがやり手を見やる。

「仕置きをしとくれ。揚げ代はあんたについたから[129]見世《みせ》昼三《ちゅうさん》から[130]昼三《ちゅうさん》に落とすのは許してやるが、曲がった性根はまっすぐにしないといけないからねえ」

「だとよ。来な」

やり手がぐいっと乱暴に桔梗の体を持ち上げた。桔梗はうなだれたままだ。

なにをされるかはあたしにもわかる。

[131]仕置き部屋に連れて行かれて竹刀で叩《たた》きまわされるんだ。

下手したら縛られて天井から吊《つ》り下げられて。

あたしは殴られる痛みは良く知ってる。骨を折られる痛みも。

でも、桔梗はきっとそうじゃない。

「その……あまり手ひどうは扱わんでくだしんす」

「うちの[132]お職は情がありすぎんのが珠《たま》に瑕《きず》だわなあ」

その場を去ろうとしたお内儀さんがそう言って、やり手にくい、と顎を向ける。

「殿さまから山吹宛に[133]金の餅をいただいてるし、まあ山吹の言うとおり、手心を加えてやんな」

あー……。

あたしはなんだかすっきりしない気分で座敷《ざしき》に座っていた。

確かにあたしは桔梗にキャンと言わせたかった。

でも、桔梗が実際に痛い目にあうのなんか望んでない。

あたし、まだまだこの世界では甘いなあ……。

うまくやったつもりなのに、全然違う方向にも駒が動いちゃった……。

お殿さまがくれた金の火掻《か》き棒に指を這《は》わす。

129　よく時代劇で見る、格子の中に座って客をひかなくてもいい花魁。ただし花魁道中はできません。道中ができるのはこの年代では呼出昼三だけです

130　格子の中に座って客を引かなければいけない花魁。見世昼三より格が落ちます。この格落としは遊女への罰として使われました

131　足抜け（吉原からの逃亡）や抱えぬしの意にそぐわないことをした遊女には「ぶりぶり」と呼ばれる体罰が与えられました。花魁のような高位遊女でも度を越した場合同様です

132　その店でのナンバーワンのことです

133　小判

冷たい。

いまごろ桔梗もこんな冷たさを味わってるんだろうか。

もっとうまくやれる方法はなかったのかな。

誰も傷つかないですむような……。

わかんないよ。

あたしは桔梗にごめんって思ってほしかった。でも、それ以上のことなんか望んでなかったのに。

あたし、甘かった。

歴女とか言いながら、ほんとの江戸時代のことなんかわかってなかった。

「山吹どん、入ってもようござりんすか……?」

控えめな桜の声。

「ようござんす」

そう答えながらあたしは座り直し背筋を伸ばす。

なにがあってもあたしはこの子たちの姉女郎。

弱い姿なんか見せちゃいけないんだ。

「こたびはわっちらのためにご尽力ありがとうござりんした」

桜と梅が山吹髷《まげ》のまま三つ指を突く。

それすらなんだか胸が痛くて、あたしはなにも言えなかった。

桜と梅は可愛《かわい》い。それは本当だ。

でも、桔梗が憎いかと聞かれれば……嫌いだけど、リンチに遭うのを喜べるほどじゃない。

あたしは痛みを知ってるから。

ヤンキー時代につけたケジメ。

折られた骨や切り裂かれた腱《けん》。その痛み。

でも、助けの来ない絶望。

「……頭を上げなんし。桔梗どんはやり手に仕置きをされんしたときにもう罪咎《つみとが》は払っておりんす。戻られたらこれまでと同じように桔梗花魁《おいらん》として行き会うようにな。わっちの言いつけでささんすよ」

「あい」

桜が顔を上げると梅も一緒に体を起こす。

「どうして山吹どんはこたあ優しゅうおりんすか？」

桜に聞かれ、あたしは式部さんがくれた簪《かんざし》をちゃりちゃり鳴らしながら答える。

「優しゅうせねば優しゅうしてはもらえんす。桜、梅、よう覚えておくんなんし。人にしたことはいつか自分に返ってきなんすよ」


翌日、あたしはいつものように笑って、客を迎えて、いつもの山吹でいた。

まだ、たくさんの迷いはあたしの中に降り積もる。

それでも今のあたしの居場所はここだ。

だから向き合わなくちゃいけない。桔梗とのことも。

桔梗はまだ座敷で臥《ふ》せっているらしい。

その閉じられた座敷の前で、あたしはためらっていた。

ねえ、入ったとしてなにを言う気？

せめて、殴り合いのケンカをした相手ならラクなのに。

ごめんとか、許さないとか、そんな言葉ですむなら。

「あれ、山吹花魁。桔梗どんに御用でありんすか」

「あ……」

「わっちをお忘れでおりんすか。桔梗どん附《つ》き禿《かむろ》、椿《つばき》でござんす。桔梗どんに案内《あない》するゆえ少々お待ちなんせ」

桜と梅とはちょっと雰囲気の違う、大人びた禿の椿ちゃんが「入りんす」と声をかけて桔梗の座敷にするりと身を入れる。

しばらくの間のあと、襖《ふすま》が開く。

「山吹花魁、お入りなんせ」

椿ちゃんの声。

ここまで来たらもう逃げるわけにはいかない。

桔梗とだけじゃなく、あたし自身とも向き合うために。

「山吹どん……」

分厚い布団と箱枕に埋もれた桔梗の顔はいつもより小さく見えた。

「いま、椿に茶を用意させんす」

「あれ、お構いなく」

なんとなく気まずい沈黙。

その口火を切ったのは桔梗だった。

「庇《かば》ってくだしんしたなあ」

まるで独り言のような声。

「なにゆえでござんしょう。わっちは性悪ですえ。山吹どんにも桜と梅にも酷《ひど》いことをいたしんした。この性根ゆえ、椿にも好かれちゃあおりんせん」

「嫌だったんでござんす」

「なにが」

「桔梗どんがぶたれるのが。わっちがぶつなら理にかなっておりんしょう。されどわっちはもう桔梗どんへの意趣返しはしんした。これ以上のことは……無益でござんす」

「無益ときなしんしたか。どれだけ欲のないことか。……わっちは、羨ましかったのかもしやんせんなあ……」

「羨ましい……？」

「同じ売られた身……されど山吹どんはいつも笑っておりんした。禿のころも新造になっても花魁になっても、一言も恨み言は申《もう》さなんだ。桜と梅を拾ってきなんして、やり手に叩かれても……。されど、いつもいつもわっちを売った親を憎う思い続けさんすわっちは……」

ああ、そうだ。これまでずっと私の世界は黒い色で塗りつぶされていた。

「今日からあんたは桔梗だよ。いいね」

それでもそのほの暗い世界の中で、そう、お内儀さんに告げられた日のことは今でも鮮明に覚えている。

私は貧しい百姓の娘だった。百姓といっても、地主の畑を耕して給金代わりに野菜や米をもらっている小作人だ。自分たちの田や畑はなく、私たちはその日食べるものにも困る暮らしをしていた。

そんな中で七人もの子供を親が養えるはずがない。はじめは姉やたちが売りに出され、次は私――。

「きれいなべべ着て白いままが食える。あんたは幸せになるんだよ」

最後にそう言った母の顔が思い出せないのはなぜだろう？

……幸せになんて、なれなかったからだ。

女衒《ぜげん》[134]に連れられてたどりついたのは吉原《よしわら》。確かに綺麗《きれい》な着物は周りに溢《あふ》れ、白いご飯が茶碗《ちゃわん》に載っていた。

でも、それだけ。

禿にはなれた。けれど、畑仕事で日焼けした肌はなかなか白くならず、私は姉女郎の花魁に「牛蒡《ごぼう》」とあだ名をつけられた。そして、訛《なま》りがひどい、字が読めない、と叩かれた。夜眠る布団は田舎でみんなで寝たのとは違い冷たくて、それも悲しくて泣いて、私は仲間のはずの禿たちにも、うるさい、と叩《たた》かれた。

嫌だ。こんなところは嫌だ。家に帰りたい。母ちゃんに会いたい。

泣いて泣いて、足抜け[135]も考えたときに、同じ禿の山吹と出会った。

私と違い、こんなところでも素直で明るい山吹はお内儀さんにも姉女郎たちにも可愛がられていた。母の言う「きれいなべべ」も「牛蒡《ごぼう》」の私よりよく似合っていた。

悔しかった。山吹は私の持っていないものをすべて持っている。どうせ同じ売られた娘のくせに……！

私は山吹を、私と同じところまで堕としてやりたかった。

そのために、山吹の簪を隠した。三味線の弦を切った。すずりを割った。

山吹は姉女郎にひどく叱られ、やり手の仕置きを受けた。私の仕業なのはわかっていたはずだ。山吹は勘のいい娘だったから。

……じゃあ、どうして笑ってるの？　どうして私のことをお内儀さんに言いつけないの？

どうして私はちっとも勝った気分になれないの？

そうだ。私たちはそっくりな境遇のはずだ。同じように暗い世界の中でただ泣くだけの無力な子供。親に見捨てられた哀れな子供。その上、ここでは叩かれる子供。

なのに、なにをされても笑顔でいられる山吹が無性に悔しくて、私はもっともっと意地悪をした。

134　女性を遊郭やその他非公認売春業に売ることを職業にした男性

135　年季のあけていない遊女が様々な方法で吉原から逃げること。たいていはすぐに捕まり、ひどい折檻を受ける、下級の店に落とされるなどの罰が待っていました

それでも山吹は「誰が下手人か探すなぞ無粋。その分、わっちは稽古をしとうござんす」と笑っていた。

そのころはもう、私は母を恋しく思うどころか、売られた意味がわかって憎んでいたから、なおさらこの心は頑《かたく》なになっていった。それも、山吹の笑顔を見るたびに――。

山吹が怒りを見せたのは、あの、桜と梅にも手を出したときが初めてだった。自分以外のためになら立ち上がるのだと、私は屈辱的な宴席の中でぼんやりと考えていた……。

そして今、山吹が見舞いに来て、言葉を交わして。

やっとわかった。私が山吹に勝てなかった理由に。

誰かのために戦える人間と、自分のためにしか戦わない人間なら、どちらが強いかなんてわかりきった話じゃないか。

目頭が熱い。

どうしよう。気づかなければよかった？

いいえ。目をつぶって耳をふさいで、この吉原の小さな籠の中で勝ち誇っていてもなににもなれやしない。

自分にできることをここでひたすらやり通すこと——真っ向勝負でこの巳千歳のお職になり、椿を守り、育てること——が、私の周りの薄闇を吹き飛ばす、ただ一つの道なんだ。

気づくまで、ずいぶん遠回りをしてしまったし、山吹たちには許してもらえないかもしれないけど。

それでも、と私は勇気を奮って口を開く。もう、後悔はしたくない。


「のう、山吹どん」

「……なんでござんしょう」

「まだ遅うはのうござんすか。死ぬように生きるこの身を改めるのは」

桔梗の切れ長の目のふちから涙がこぼれ落ちた。

「遅いなど……生きてさえおりんすれば、遅いことなどなんにもありやしやんせん」

「さよでござんすか……ああ、本当に勝てないわけでありんす。わっちがいかほど穢《きた》ないことをしても笑っておりんした人……」

桔梗の細い腕が布団から伸びる。

「山吹殿これからは正々堂々、お職勝負と行きましょうえ」

涙声で告げられた宣戦布告。

あたしはそれを喜んで受け取る。

「あい。桔梗殿、手加減せんから覚悟しなんし」

あたしは桔梗の手を取り、強く握った。


「山吹どん！　桔梗花魁《おいらん》が！」

座敷《ざしき》に入った桜がぱたぱたと駆け寄ってくる。

こんなに慌てた様子はお殿さまの部下と立ち回りして以来だ。めずらしい。

「もうあのようなことはせんとわっちらに頭を下げんした！」

あ、そういうことか。

やるじゃん。正々堂々の宣言通り。

「髪の償いにはなりんせんがとこれこの通り」

桜が見せてくれたのは綺麗な和紙で作った折鶴と、一朱金の粒だった。

「山吹髷《まげ》もういと！　椿にもさせてやりたいから山吹どんに話をしてくれと！」

うわ、なかなか根性あるなあ。

山吹髷は今までにない形だからお客さまにも好評だし、吉原の女たちの話題にもなってきてる。

でも結えるのはあたしだけ。

だからその人気になんとか乗ろうってことか。

いいじゃんいいじゃん。そういう戦い方は嫌いじゃないよ。

桜と梅にも筋を通してくれたしね。

「桜姉さん、それより文を……」

「あ、申し訳ないことでござりんす」

「ようござんすよ。桔梗殿が頭を下げればそれは嬉しゅうてしょうがないこと、わっちにもわかりんす。それで、梅、文とは？」

「松平のお殿さまからでありんす」

金の火搔《か》き棒（原寸大）男からの手紙。

……悪い予感しかない。

だいたいあの人、好きな子に手紙書くなんて優雅なキャラ？　会いたくなったら全力疾走して飛びついてくる、ちょっとイマイチな大型犬みたいなイメージなんですけど？

「渡しんしな」

梅の手から手紙を受け取り中を見る。

さすがお殿さま。綺麗な草書体。

いやそんなことはどうでもいいんだ。中身が問題なんだ。

うん……やっぱりあの人は火掻き棒男のままだった。
[136]「御前試合……」
要約すると、手紙には、あたしのケンカの腕を吉原に埋もれさせるのは惜しいと自慢しまくってたら、自分のところのお抱え武士と御前試合をさせたいという大名が現れた。どうだ嬉《うれ》しいだろう。わしはすごいだろう。なにしろ大大名の岡山松平であるからな！　惚《ほ》れ直したか？　ああ、元から惚れているか、わしも罪つくりよのう。と、後半はどうでもいい自分語りでねじくれまくった内容が書いてあった。

……せっかくこっそりすませようとしたのになに堂々と自慢してんだバカ殿……。

「山吹どん、顔色が悪うござんす。薬師《くすし》を呼びんすか」

「心配ささんすな。ただ……」

「ただ？」

「お殿さまの頭を一発ぶちたくなりんした……」

え？　という顔を桜と梅がする。

それから、寝室の話でも書いてあったのかと想像したのか、頬を赤くした。

いやそれだったらまだマシだよ……花魁が御前試合ってなんのギャグだよ、絵ヅラを想像しただけでシュールなコントだよ。

断ろう、そう思ったとき、あたしは手紙の中に憧れの名前を見つけてしまった。

本多《ほんだ》。

御前試合を見たいと言ったのは三河の本多だ。という一文。

本多本多本多本多！　キタキタキタ！　しかも宗家！

家康《いえやす》に過ぎたるものは本多[137]忠勝《ただかつ》[138]！「ただ勝つ」から「忠勝」なり！

いやもう忠勝さまはお亡くなりあそばされてるはずだけどその最強さは武闘派歴女の永遠の憧れ！

長篠《ながしの》の戦いで土屋《つちや》さまとも戦ってるんだよ！　推しと推しの戦いとか、どんだけ贅沢《ぜいたく》なの……！

それにあの鎧《よろい》[139]がまたエモいんだよねー！　数珠がけツノつきの！

しかも鎧のサイズから考えると体も超ごついの！　尊い！　一発張り手をかまされたい

136　将軍や大名の前で勝負を行うこと。山吹のいる時代では実際は真剣を用いることはまれですが、山吹が武士ではなく花魁という軽い命だったということも踏まえ、真剣での勝負としました
137　忠勝さまがすごすぎたから家康にはもったいないよ。の意味
138　天下の猛将。戦国最強。とにかくかっこいい。言動も戦いぶりもかっこいい。文句がある人はかかってこい
139　本多忠勝は甲冑に巨大な数珠を袈裟がけにしていることが多かったです。実物はものすごい迫力です。さすが「ただ勝つ」さま

……！　いやもういっそ蜻蛉切《とんぼきり》[140]で突かれたい！

なんで知ってるかって？

推しの甲冑《かっちゅう》、武器を見に行くのは当たり前でしょーが！

うちらにとってはアイドルグッズみたいなもんよ？

ありがとうバカ殿。

推しの一人に会える機会を作ってくれて。

あ、バカは抜いてあげます。

ありがとう、殿。

なになに、しかもあたし用の武器を作ってくれるって？

よし、きみは殿から殿さまにランクアップだ。

御前試合に出るような武士はその家の中でもいちばんの手練《てだ》れだろう。

さすがに火掻き棒じゃ勝てる気がしない。

うーん……特殊警棒を再現してもらってもいいけど手も守れる武器が欲しいな。ポン刀相手なら。

なんかいい武器、いい武器……。

……トンファー！

あれならこの時代にもあるはず！

つーか普通に手に入るはず！

あーわくわくしてきたー！　本多さまの目の前でケンカができるなんて！

もう勝つから。絶対勝つから。あたしも「ただ勝つ」するから。

したらまずスタミナつけなきゃ。

牛は……この時代はなかなか手に入らないから……[141]お殿さまに彦根《ひこね》藩に渡りをつけてもらうのも面倒だし。

簡単に手に入ると言えばイノシシ。うん。好き。しかも強そう。

「桜、梅、ももんじ……[142]山鯨の手配をおがみんす！」

140　本多忠勝の愛槍。日本三大名槍。レプリカしかなかなか実際に見る機会はありませんが、忠勝さまの武勇伝を聞くと、そのエレガントなたたずまいとのギャップに驚きます
141　江戸時代は牛肉の流通が少なく、食べる習慣もほぼありませんでした。例外は彦根藩でここからはおいしい牛肉が将軍家や大名家に出荷されていました
142　これはイノシシじゃありません。山の鯨なんです。だから食べてもいいんです。という言い訳的な名前

第五話　山吹御前試合

できるだけ新鮮でよく血を抜いた山鯨の、脂ののったところの塊肉。

うわーおいしそう。桜《さくら》と梅《うめ》、超有能。マジ有能。

値段はちょっと高かったけど、肉を求める心には変えられない！

飯炊き場からからっぽの梅干し壺《つぼ》を借りてきて、ついでに飯炊き場も借りて、粉山椒《さんしょう》、擦った生姜《しょうが》、刻んだネギ、ほんの少しだけのたたき梅を入れ、そこにお肉をドン！

それからお肉が完全に浸るよう日本酒を入れて、愛をこめて揉《も》みこむ。

久しぶりにローストビーフ、ゆーか、イノシシだけど、とにかくローストなんとかを食べたくて、ハーブ類とワインの代わりにこの時代でも手に入る香辛料と日本酒を使ってマリネ液を作ってみたのです。

うんうん、山椒と日本酒の香りが合って良きじゃん？

ちな、桜と梅はもうツッコむこともせず、悪魔の所業を見るような目で見てました。

大丈夫だよ。怖くないよ。

「山吹《やまぶき》どん……それはなんのまじないでござんすか」

桜の口から出てきた言葉に思わずあたしは吹きだす。

確かに、生肉を微笑《ほほえ》みながら揉んでいたのは客観的にみると不気味だったかもしれない。

うん。否定はしない。あたしも先輩が突然生肉を揉みはじめたら、いろいろと心配をする。

「違いんす。ローストイノシシの下ごしらえでありんすえ」

「ろおすといのしし。また南蛮の料理でおりんすか」

「あい。精をつけるならこれがいちばんにありんす。わっちはももんじを食《は》まんと力が出やんせん」

「味噌《みそ》漬けやなんやでは駄目なんでござんしょうか……？」

梅に遠慮がちに聞かれて、あたしは断固として首を横に振る。

確かに味噌漬けや醤油《しょうゆ》仕立ての小鍋ならこの時代でも、ももんじ屋でイノシシや鶏肉《とりにく》が食べられる。

でもあたしはがっつり肉が食べたい。

ぶっちゃけステーキとかローストビーフとか、たまには和風じゃないものが食べたい。

「のちほど味噌も使いんす。されどわっちはこれが……ももんじを食《は》んだと思えるこれがたまらなく好きでおりんすよ」

「は、はあ……」

「さて、焼くまで半刻[143]ほど待たねばなりんせん。わっちはお内儀さんと話がござんす。良《い》い話でありんすから、二人とも気ぶっせいなことは思いささんすな。そうさの……書の稽古でもしなんし。あとでわっちが吟味しんしょう」

「御前試合？」

「あい」

「あんたが？」

「さよでおりんす」

「またあのお殿さまのせいかい……」

お内儀さんが煙管《きせる》の灰をコンコンと火鉢に落とす。

それから、はあ、とため息をついた。

「受けるほかなかろうねえ……。あのお殿さまは今じゃうちの上得意だ。金払いだけじゃない。大大名さまがあんたに首ったけでうちに通ってくるってのが、江戸雀《すずめ》の評判[144]になってるんだよ。おかげで巳《う》千《ち》歳の名もうなぎ上りさね」

「わっちに異存はありんせん。武勇に名高き本多《ほんだ》さまに女の身で目をかけてもらえるなど、これほどの誉れはなさしんす」

「……そういえば、あんたは武家の出だったね」

お内儀さんの目が、一瞬、遠くを見た。

て、え、マジ！

山吹、零落《れいらく》[145]武家出身説キタ！

「上役の代わりに親父《おやじ》さんが詰め腹切らされて、こんなとこまで流れてきたが、やっぱり血は争えないのかねえ……」

しかもそんな重い過去？

だから桔梗《ききょう》はいつも笑ってたあたしが羨ましくて憎かったなんて言ったのかー……。

確かにここにはいろいろな境遇で売られてきた子がいるけど、背景の重さはあたしはヘビー級だわ……。

つか山吹、あんた、あたしと似たような過去を背負ってたんだね……。

「まあそのことに関しちゃあ、あんたに任せるよ。お武家のことはなにしろあたしらにゃあさっぱりだ。それにお殿さまはあんたの言うことしか聞かないだろうから」

お内儀さんが苦笑する。

143　江戸時代は季節によって一刻の長さが違いますがここでは一刻を約二時間としているので半刻＝一時間です

144　江戸の人々の話題になっているということ。この場では現代だとワイドショーで話題沸騰！的な意味で使っています

145　おちぶれる

それから、きりっと座り直してあたしを見た。

「なあに。吉原《よしわら》のことなら、まあむふらわあがなんとかしてやるよ。あんたは遠慮なく鉄火山吹として暴れといで」

お内儀さんとの話も終わり、桜と梅の書いた書もチェックして……。

待ちかねていた時の鐘[146]が鳴る。

「おにくー、おにくー」

思わず歌も出る。

あ、ちゃんと桜と梅が近くにいないのは確認しました。

だってお肉大好きなんだよねー。

基本、江戸の食事は悪くない。

遊郭でもかまど炊きの白いご飯が食べられるし、そのせいで脚気《かっけ》の死者が増えたくらいだし。

これは脚気だけのせいじゃなくて、古米[147]も食べてたから、そこに含まれてるカビ毒のせいで腎臓や肝臓を壊して死んだ人が多かったからとも言われてるけどねー。

お蕎麦《そば》だって今はめずらしい、小さな貝柱をいっぱいに散らした「あられ」とか、現代で食べたらおいくら万円になるの？な手作りの浅草海苔《あさくさのり》をお蕎麦の上に贅沢にたっぷり散らした「花巻」[148]なんかがあるし、マグロのトロは下品な魚扱いだったから捨て値で食べ放題。大トロとネギを濃い目のお醤油出汁《だし》でさっと煮た「ねぎま」[149]なんて神さまに叱られそうなごちそうまで食べられちゃう。

当時はまぐろは下魚だからみんな食べなかったなんて知ったかする人もいるけど、そんなことないない！　確かに上品な魚の分類には入ってはなかった。でも、おいしくて安く手に入る大事な庶民の味だった。じゃなきゃなんで「ねぎま」を食べて感動するお殿さまが主人公の「ねぎまの殿様」なんて古典落語があるのさってね。

揚げたてのてんぷらも握り立てのお寿司《すし》も屋台でささっと食べられる。江戸初期は熟《な》れずし[150]っていう、匂いの超きついチーズみたいなお寿司しかなかったから、早ずしがある時代に来れてよかった……！

甘いものだって吉原名物竹村伊勢《たけむらいせ》の「最中《もなか》の月」[151]に、クッキーみたいなサクサクして甘

146 江戸に何か所かあった鐘つき時計。鐘つき料は町人だけでなく、武家、大名も徴収されていました。当時の時計は大変高価だったため、幕府、大大名、大寺院くらいしか持っていませんでした

147 現代の適切に保管された米にはこのような心配はありません。不適切に保存された米がカビた際にカビから出る毒素ががんの原因となります

148 海苔の散る様子を花びらが散らされたようだと見立てたから花巻という説と、浅草海苔をたっぷり散らした華やかさとかけて花巻とした説があります。東北地方の地名が由来ではありません

149 「ねぎ」と「まぐろ」で「ねぎま」です。当時、トロは安く放出された江戸庶民の食べ物でした。「ねぎま」という冬の季語もあります

150 お寿司の原型。魚を漬け込み発酵させます。このことで日持ちが良くなりうまみが出ます。ただ、匂いが強いため好みが分かれる食品です。江戸時代中～後期は酢飯の上に生魚を載せて握った早ずしが普及しました

151 最中とありますが、現代では最中かあんこのお菓子かは判然としません。遊女に人気があったのは本当です

いお煎餅、こんぺいとう、おはぎ、練りきり、羊羹《ようかん》……全部職人さんが手作りしてて、機械化されてないから本当においしい。

ケーキ食べたきゃ景気《ケーキ》を食べればいいし。

ただガッツリ系が……！

ピザ食べてコーラ飲んで体重ヤバいみたいなコンビがいない！

天然のお出汁と味付けは上品で本当に美味《おい》しいけど、たまには化学調味料と人工調味料まみれのジャンクな味が恋しくなる。

だから今のあたしは期待に満《み》ち溢《あふ》れていた。

中身がイノシシだっていいんだ。ローストビーフが食べられるなら。

また桜と梅を混乱させちゃかわいそうなので、あたしは一人で飯炊き場に向かう。

うん。梅干し壺に密閉していたお肉はいい感じにマリネされていた。

よーし、じゃあこれをオーブンに放り込んで百八十度で半刻……オーブン？

……オーブン、ない。

せめて鉄製のかまどがないか見てみるけど、当たり前だけどあるのは純日本式の土のかまどだけだ。

マジ？　マジだ……マジやらかした……。

気持ちが上がりまくってた分これはキツい。

てゆーかなんで気づかなかった自分。

江戸時代にオーブンあるわけないじゃん。

いやあるとこにはあるけど、吉原の遊郭の飯炊き場にあるわけないじゃん。

このイノシシの塊どうすんの。

むしろおまえの脳はイノシシか。

放心していたあたしの頭の中に、久しぶりにピコーン！　のスマホ用スタンプが押される。

オーブンがなければ塩釜焼きにすればいいじゃんな。

うわすっげ、あたし天才じゃね？

ね？

それならさっそく……塩と卵の白身だけなら飯炊き場でもまかなえるかな。

あたしはその辺をうろうろして飯炊き担当さんを捕まえる。

はじめはなんか怯《おび》えられたけど、無事、大量の塩と卵の白身をもらうことと、かまどの使用許可を得ることに成功しました。

あの……誰彼かまわず火掻《か》き棒で襲ったりしませんから……なにげない一言で狂暴になったりしませんから……誤解しないでください。

普段は穏やかな人間なんです……。

まずは塩釜を作るために、塩にときほぐした卵の白身を少しずつ加えて混ぜてねっとりさせる。

それでもう一度丹念に日本酒マリネ液を揉みこんだお肉の塊をぺたぺたと覆って……下味の塩は塩釜から塩分が出るので省略しました。

よし！　お肉を塩ペーストで分厚く完全に密封できたらできあがり！

あとはゴンゴン火がついてなにかを煮てるかまどの灰の中にそれをそーっと入れるだけ！

木材の燃焼温度は確か二百度プラマイ五十度くらいだから、それより少し温度が下がる灰の中に入れとけば予定通り半刻でちょうどいい感じにローストされるはず！

あたしは嬉《うれ》しさに鼻歌を歌いながら、白い塊を灰の中に火掻き棒で押し込んだ――。

「山吹どん、早速お殿さまから俵[152]で贈り物が届きんした！」

お殿さま、手早いなあ。

……て、俵かよ！

俵にぎっしり詰まったトンファーとか、使わない分どうするの……。

確かにいろいろな種類のトンファーが欲しいとは伝えたけど、大八車《だいはちぐるま》[153]に載せられるレベルの俵が届くのは予想外すぎた。

お殿さまが太客《ふときゃく》[154]なのはありがたいんだけど、物事には限度ってものが、と、キャバ嬢時代、ファーストクラスで行くヨーロッパ周遊旅行二週間をプレゼントされそうになったあたしは溜息《ためいき》をつく。

冷静に考えて、店、そんなに休めるわけないじゃん……。

それに今は目の前の塩釜焼きの方が大事件なんです。

「それはお内儀さんにおがみんして男衆《おとこし》に邪魔にならぬところへ運ばせてくんなんし。あとで確かめささんす」

「あい！」

桜が、さささと内所へ向かう。

梅はお皿に載った白くてところどころ薄茶に焦げた塊にじっとその視線をそそいでいる。

「山吹どん、このかまくらのようなものはなんでありんすか」

「塩釜でござんす。ももんじ[155]を塩で包んで焼きんした。開くときがいっち[156]楽しゅうござん

152 当時は段ボール箱などはないため、大量の荷物は俵にして送ることが多かったです
153 巨大な荷車。一人では引けないので二人から三人で引きます。大きな俵をいくつも積むことができ、江戸時代に運搬用としてよく使われました
154 現代水商売用語。キャバクラからホスクラまで幅広く使われます。指名して自分にじゃぶじゃぶお金を使い通い詰めてくれるお客さま。太いお客さまの略です
155 江戸言葉で獣肉全般を指します
156 江戸言葉で「一番」

すからな。桜の戻りを待ちんすえ」

「ではこの金槌《かなづち》は……」

「それも桜が戻って来んしてからの楽しみでおりんす」

「あい……あ、桜姉さん」

「お内儀さんも俵には困っておりんしたがなんとか蔵へ納めんすと。……わあ、雪の山のようでござんすなあ！」

「で、ござんしょう？　この中にももんじが入っておりんすよ。さ、桜も戻りんしたし、御開帳と参りんしょうか」

あたしは金槌を手に取る。

その両脇からは目をぱちぱちさせてる桜と梅。

「行きんすえ！」

ごん、と思い切り金槌を叩《たた》きつけると、塩釜は気持ちよくぱかんと割れて、中からほこっと焼けたお肉が飛び出してきた。

「あれ、手妻」

「ほんに」

「うまくいきんした！　これをこう切りんしてな……ああ……おいし……」

口の中に広がる肉汁、和風だけど香辛料の香り、俺、肉だから！　と自己主張してるようなジビエの味……なにもかも懐かしいよぉ！　おいしいよぉ！

塩釜ローストイノシシ……！　尊い……！

「桜と梅も、さ」

桜と梅が微妙に目を泳がせる。

断りたいけど断りづらい後輩の表情だ。

「無理にとは言いんせん。ただまあ、ひとくち、お味見だけでもいかがでござんしょう。お薄に切りんすから、二人はここなポン酢をさっとつけて、卵味噌《みそ》を載せて」

「あ、あい……」

まずは桜がおずおずと薄く切った肉へと箸を伸ばし、あたしの言うとおり、別皿に用意しておいたポン酢をつけて、卵味噌もちょんちょんとつけて、意を決したように口に運ぶ。

そしてしばらくの間のあと。

「……おいしゅうござんす！　ささ、梅も、梅も！」

すごい勢いでプレゼンしてくる桜に押され、梅も桜と同じやり方でお肉を口に入れる。

「あ、ほんに」

でしょー！

この味付けは京都の超有名猪《いのしし》鍋店の味付けを参考にしてるんだもんね！

そのお店は白味噌《しろみそ》ベースのタレでイノシシ肉を煮てからポン酢につけて食べさせてくれ

る。これがすげいおいしい。だから、ローストしたのをポン酢にくぐらせてお味噌をつけてもいけると思ったん！

で、白味噌を卵味噌にしてもっと濃厚にすればさらに肉のクセも気にならなくなるだろうし、白身しか使わない塩釜のせいで余っちゃった黄身も有効活用できるし！

「も、もう一切れいただいてもようござんすか」

「一切れと言わずなん切れでも食べなんし。ああ、お内儀さんと桔梗殿にも持って行きんしょうか」

「それならばわっちが行きんす。……あ、その前にわっちにももう一切れ……」

「二人とも、いくらでも食べなんしな。ももんじはこたあたくさんありんす。わっちがどんどん切りんすえ」

「「ありがとうございりんす！」」

この日、巳千歳《みちとせ》には第三の名物、「山吹焼き」が生まれました。

さて、おなかもいっぱい、お肉にも満足したあたしはお殿さまから届いたトンファーのどれを使うか考え始める余裕が出てきた。

これからは「山吹焼き、くだしんす」って言えばいつでもローストイノシシが食べられるしね！

やっぱ人間、食が満たされないとダメだわー。

「つってもこの数どうよ……」

蔵の床を埋め尽くすトンファー。

どこの巨大連合[157]を襲撃するんですかって感じ。現役時代なら喜んだかもしれないけど今こんなにもらってもなあ。

とりあえずグリップを握ってみてピンと来ないのをよけて……その残りから選ぶしかないか。

「山吹どん、恋秘《コーヒー》を持ちんした」

「ああ、桜、ありがとうござりんす」

助かった。トンファーが視界の中でゲシュタルト崩壊しかけて、うなぎに見えはじめてた。

「あまたありんすなあ。これをすべて使いんすか」

「いやいや、使うのは二本のみでござんす」

その言葉と床の惨状とあたしの表情から、桜もなにか察したらしい。

157　不良の世界ではいくつかのギャングやヤンキー、暴走族などがさらに強くカリスマ性のある組織の下に付き、普段は別に動きながらいざとなるとトップを中心に連合を組むことがあります

「わっちらはなにもすけることができず申し訳ありんせん。無理だけはせんでおくんなん
158
せ」と気の毒そうな顔で蔵から出て行った。

でもコーヒーを飲んだらだいぶ回復したし！

もうトンファーもうなぎには見えないし！

冷静になった頭で最終候補に残ったトンファーを握り直す。

グリップ以下の部分は小回りが利くようにできるだけ短く、逆にその上の部分はあたしがいつも使ってた特殊警棒みたいに長く。

真剣でも簡単に両断されないくらいの太さと強さで、でもあたしが使いづらくないくらいの重さで。

立ち上がって、目の前の仮想敵に向かってあたしはそれを構えてみる。

今度の相手は頭に血が昇ってつい刀を抜いただけのお武家さまじゃない。はなからあたしを冷静に殺しにかかってくる、その家いちばんの相手だ。

だから、もちろんこれだけで勝てるなんて思ってない。

花魁《おいらん》に負けるなんて大恥だろうから相手も必死に決まってるしね。

でもあたしだって死にたくないし、なにより負けたくない。かっこよく勝ちたい。本多さまの前で。

そのためにあたしはなんとか御前試合のルールの穴を見つけたんだ。

「申し訳ありんせんが、これも苦界[159]の女の戦い方でござんすよ」

あたしはぬるくなってきたコーヒーを一気飲みし、誰にともなくつぶやいた。

御前試合当日、四郎兵衛《しろべえ》会所[160]であたしに切手が出された。年季明け[161]前の遊女がまともに吉原《よしわら》から出るには、身請けかこれを見せるしかないという切手。

もちろん、今回はお殿さまの言いつけだから快く発行されただけで、普通ならば年季明け前の遊女には絶対に渡されたりはしない。

それを見せて大門を堂々と出て、あたしはお殿さまが仕立てた駕籠《かご》に乗る。

158　助ける、の江戸言葉。すけっと、などの言葉に痕跡が残っています
159　吉原のこと。苦しい世界であるから。
160　吉原の入退場券を販売している場所。遊女でない一般女性はここで切手を買い吉原に出入りしました。商売のために吉原に出入りする女性、新しい流行を知りたい女性など、普通の女性も多く吉原を訪れていました
161　遊女は奉公人であると位置づけられていたため、年月がたつと自由の身になりました。ただ、体を売ることしかできない遊女も多かったため、自分の意思で吉原に留まる遊女も多くいました

「山吹、駕籠の具合はどうだ？　布団は足りておるか？　駕籠者は乱暴ではないか？」

前の駕籠から首を出して叫ぶお殿さまのテンションはいつものままだ。

でも、それに返答するあたしの声音はすこし硬い。

だって、わくわくもするけど緊張もしてる。


推しの前でする真剣勝負。無様な姿なんか見せたくないから。


「委細ないでおりんすよ。お殿さまこそ駕籠から首を出すのは危のうござんす。やめてくんなんし」

「そなたの言うとおりだな。これで控えよう。よいか、駕籠者、山吹は大事な身だ。わしより気を付けて運べ」

「し、承知いたしました」

お殿さまより花魁を大事にしろと言われて駕籠かきは目を白黒させてる。

てゆーか大事な身ってなによ？

おなかに殿さまの子どもでもいるみたいじゃん！

あ、ツッコんだらすこし気分がほぐれた。

なるほど、このお殿さまにはこんな効能があったのか。

くすっと駕籠の中であたしは笑う。

そのまましばらく駕籠に揺られて……。

「ついたぞ、山吹」

その声と一緒に、あたしは本多さまの大きな江戸屋敷《えどやしき》の前に立っていた。

白い玉砂利の敷き詰められた広い庭。あたしが御前試合をする場所。その庭が一望できる広い部屋はからりと障子が開け放たれている。まだ誰もいないけど、きっとあそこに本多さまが来て観戦なさるんだろう。

はー……推しの子孫に会えるとか超ドキドキする。早く本多さま、いらっしゃらないかな。

「おお、山吹、わしが贈った仕掛を着てきてくれたのか。良く似合うぞ」

「鉄火山吹といえばこれでありんすからなあ。わっちもこれを羽織りんすれば気の引き締まる思いですおりんす」

「うむ。赤の地に金が映えて傾奇者《かぶきもの》[162]のようじゃ。羽織袴《はおりはかま》なぞ着ているからよけいにな」

「さすがに御前試合にだらりの帯じゃあ勝てやしやんせん。わっちは勝つためにここに来

[162] 派手な着物や変わった着物を身にまとい、自己の価値観を強く推し通す者。ただ派手なだけはなく、おおむね肯定的な意味で使われます。通常は男性に対して使います

なんした」

お殿さまがふふっと笑う。

「わしはそなたのそういうところが好きだ。武芸に名高い本多の家でもう勝つ気でおる」

「負けるとはなから思えば勝てる戦いくさも勝てやしやんせん。桶狭間《おけはざま》の合戦をご存知でござんしょう？　……それに殿さまも、わっちが勝つと思いなんしたから、こたびの御前試合を仕組んでくだしったはずですえ」

「そなたの言うとおりだ。そなたは武と美を備えたわしの珠《たま》。ありていに言えば、わしはそなたを吉原だけに囲い込むのが惜しい。山吹はこれほど見事な女だと江戸中に広めたいのだ」

「ありがとうござりんす。その言葉だけでわっちは戦えんすよ」

そんなことを話していると、座敷《ざしき》にお付きの人が現れ、それから本多さまもゆっくりとそこの縁側に腰を下ろす。

「山吹と言うたな？」

「あい」

やば……マジやばい……呼吸困難になりそう……。この人の中には忠勝《ただかつ》さまの血が流れてるんだ……。蜻蛉切《とんぼきり》を触らせてくださいとか詰め寄ってみたい。つーか本多さまと蜻蛉切をセットで奪いたい。

「ここな松平殿から今巴御前《いまともえごぜん》[163]だと聞いた」

「それは誉れでござりんすなあ」

「得物は巴のように薙刀《なぎなた》か？」

「いな。わっちの得物はこたあ物でおりんす」

あたしはトンファーを本多さまに見せた。

「琉球《りゅうきゅう》流か。確かに変わった花魁だな」

「無手勝山吹流でありんすれば。されど、わっちは本多さまに確かめとうことがござんす」

「なんだ。申してみよ」

「御前試合は己が流派の技ならばなにを使ってもいいと聞きんした。体術[164]も禁忌ではないと」

「その通りだ。流派の技を尽くすのが御前試合。女性《にょしょう》であれど手加減はせぬ。……今ならまだ戻れる。山吹、花魁としてもおまえは優れた者だと聞いておる。ここで帰っても笑うものはいまい」

「帰りやしやんせん。わっちは本多の忠勝さまを恋慕っておりんす」

163　一騎当千と呼ばれた過去実在の女武者、巴御前に「今」をつけることで「現代の巴御前のようだと聞いた」となります
164　ケルナグール

お殿さまが目を見開く。

ごめん！　でもあたし、忠勝さま推しなの！

「はぁっ、それはもう数代は前のこと。それでもおまえは忠勝の名にこだわるのか」

「あい。忠勝さまはいくさ人すべての憧れでござんす。その名跡《みょうせき》を継いだ方が選びんしたお武家さまと戦えるなら、これより名誉はござんせん」

「酔狂な花魁もいたものだ。松平殿が贔屓《ひいき》にしているのならば、吉原にいれば栄耀栄華《えいようえいが》をきわめることもできるであろうに」

「本多さま、さようなことは言わんでおくんなんせ。わっちが好みんすのは勝つことでありんす」

「死んでもかまわんと言うのか」

「あい。勝負はいつも生か死かでありんすえ」

あたしが本多さまに潔く笑うと、お殿さまが必死で肩を押さえてきた。

「山吹！　わしが悪かった！　もうやめい！　今日はそなたを総揚げにしようぞ！　そなたがいなければわしは……わしは……」

なんだよもう、いまさら気づいたのかよ。

しょうがないお殿さまだなあ、本当に。

だからあたしはその手を振り払う。

「心配ささんすな。わっちは鉄火山吹。負けなど知らん女でござんす」

そのとき、庭の奥から、じゃりり、と玉砂利を踏みしめる足音が響いた。

エモい。

この状況でいだくには不謹慎な感情だけど、音のする方を見たあたしの頭の中に浮かんだのはそれだった。

だって、羽織袴にたすきを締めて、月代《さかやき》[165]を綺麗《きれい》に剃《そ》りあげた武士があたしと決闘するために現れるなんて……！

あたしの命がかかってる？

いいよ。

人生なんて賭け金だ。

あたしは自分に全額それを賭けるだけ。

あたしはあたしを信じてるから。

165　武士の頭の毛のない部分

重い仕掛はお殿さまに預けることにする。

めずらしく、お殿さまが真剣な顔であたしを見つめた。

「山吹……」

「なにも言いささんすな。わっちを江戸中に広めたいのでありんしょう？　そうさの、戻りんしたら中村座[166]で鉄火山吹の武勇談の芝居でもかけてくだしんす」

「行くな……」

「安心なんせ。必ず戻ってきんすゆえに。大門で言いかわしたこと、もうお忘れでござんすか。わっちはいつでも吉原におりんすよ。殿さまを待っておりんすよ」

それでもまだなにか言いたそうなお殿さまの頰に指先で触れて、あたしは笑ってみせる。

「それでは、山吹、行きささんす」

くるりと前に向き直り、トンファーを手に取って、あたしは笑みを顔から消す。

「こちらは用意ができんした」

「それがしも」

凛々《りり》しい声で武士が答える。

「わっちは無手勝山吹流、山吹でござんす。花魁《おいらん》ゆえに苗字《みょうじ》はありんせん」

「それがし、一刀流《いっとうりゅう》[167]、梶井弥七《かじいやしち》と申す」

そう言葉を交わしながら、向かい合い、互いに武器を構える。

そこで……本多さまの号令が飛んだ。

速い！

それが第一印象だった。

最初の動きは袈裟《けさ》切りと見せかけて胴をすくうように動く太刀筋。それをあたしは二本揃《そろ》えたトンファーで何とかはじき返す。

弥七は的確にあたしの手元、胴、首を狙ってくる。

このときほど武器に拳も守れるトンファーを選んで良かったと思ったことはない。

もちろんあたしだってやられっぱなしじゃない。隙を見て、肩に一撃、足元に一撃。

ただ、素早い動きで繰り出される切っ先から身を守りながらだと、決着がつくほどのダメージは与えられない。

そのときふと、あたしの足がもたついた。

これをチャンスとばかりに、弥七が剣を振りかぶる！

166　江戸時代では最高に権威のあった芝居小屋。現在は焼失して残っていません

167　江戸後期から明治まで連綿と栄えた北辰一刀流の原型。基本的には竹刀や木剣での打ち込みを大事にする正統派の太刀筋の流派です

……なんてね、待ってたんだよ、正面からまっすぐ刀が来るこの瞬間を！

いまあんたは油断したね？　あたしが足を滑らせたと。

そして、勝ちを確信したね？

だからその動きは大振りで隙だらけだよ！

あたしは二本のトンファーを組み合わせて、振り下ろされた刀身を動かないようきつく挟んだ！

弥七の顔に動揺が走る。それでもそのまま力押しでじりじりと刃先を進める弥七。ちりっと肩に痛みが走る。やられた。でもこんなの皮一枚。それよりも、近づいてきてくれてありがとう。そんな思いを込めて、あたしは渾身《こんしん》の膝蹴りを弥七の腹にぶち込んだ。

ぐにっと柔らかい感触。入った！

うっと弥七の呻《うめ》き声が聞こえる。刀からほんのすこし、力が抜けた。

よし！　今しかない！

トンファーに挟んだままの刀を横に振り、すこしだけできた隙間から、あたしは弥七のひたいに思いっきり得意のチョーパン[168]を入れる。

それから左手のトンファーを投げ捨てて、がら空きになった顎にがっつりアッパー！

人間の脳は水に浮かんだ豆腐みたいなもの。外から強い衝撃を与えればすぐに機能が鈍くなる。

顎もおでこも脳を揺らせる急所のうち。

思った通り、弥七はもう刀を握っているのがやっとのようだった。

ごめん！　そう思いながらとどめの一撃にキレッキレの前蹴りをみぞおちにキメる。

弥七の体が綺麗に吹っ飛び、どさりと玉砂利の上に落ちた。

それに駆け寄り、握っていた刀をその手から引きはがして、玉砂利の中にぐいと突き刺す。

これでもう刀は刃引きされたのと同じ。使えない。

それから、縁側に座る憧れの推しの子孫へと顔を向けた。

「本多さま、勝負ありということでよろしゅうござんすか」

168　ヤンキー用語で頭突きのことです。頭部を使うため打撃面積が広くとれ、また直接相手の頭にダメージを与えることができます

「良《い》い。だがそれは私の問いに答えてからだ。なにゆえ梶井にとどめをささなかった。梶井は真剣だったのだぞ」

真剣だった……つまりあたしを殺すつもりだったたってことか。

そんなの答えはひとつ。

「人を殺《あや》めれば地獄に落ちんす。わっちは苦界の女。これ以上の地獄に落ちては身が持ちんせん」

ははっと本多さまが笑った。

「松平殿の言うとおり、確かに女にしておくのは惜しいな。これ」

本多さまがぱんぱんと手を打つと、次の間から数人のお武家さまが出てくる。

「今巴御前と梶井の手当を。梶井は奥に運んでやれ」

「梶井殿には腹など召さぬように伝えてくだしんす！ 一刀流に体術はござんせん。それにわっちは体術を使いんした！ 刀ではどうで勝てぬと思いんしたからだと、梶井殿はわっちに卑怯《ひきょう》な手を使われんしたのだと、どうか、どうか……」

「これも松平殿の言うとおりだ。義に篤《あつ》い。久方ぶりに良いものを見た。梶井には腹を切ってはならぬ、切りたければ山吹に勝つれと伝えておこう。そうすればあれもさらに精進するだろう。安心せい、そのような顔をするな。梶井には罰も与えぬ。もとより松平殿から火掻《か》き棒で真剣に勝った女性《にょしょう》がいたと聞いていたからな。番狂わせも万に一つあるのではないかと思っていた。私はそれが見たく、御前試合を松平殿に頼んで組んだのだ」

「本多さま……ありがとうござりんす」

あたしが平伏すると、お殿さまが「ようやった、山吹」と仕掛をかけてくれる。

「あ、血で汚れんす。もったいのうござんすよ」

「よい、仕掛はまたあつらえればよい。だがそなたはあつらえられぬ。……わしはうつけだ。ここにつくまで真剣勝負の御前試合の意味を深く考えていなかった。ただ山吹の腕を本多殿に見せたいと、それだけで……」

アホだなあ……マジでなにも考えてなかったんだ、この人。

でもなんか憎めないんだよなあ、悔しいけど。

「気にささんすな。おかげでわっちは本多さまに目通りできんした」

「そなたはまことに好《よ》い女だのう……」

「松平殿、[169]愁嘆場《しゅうたんば》は上がってからやってくれ」

「おお、これはすまぬ。山吹、歩けるか？　肩の傷は痛うないか？」

「こたあもの、かすり傷でござんす」

うん。ヤンキーやってたころ、金属バットでお腹《なか》をフルスイングされたことに比べたら

169　字の通り、嘆いて悲しむ様子

かすり傷、かすり傷。あれは痛かった……。

ああ……幸せ……あたし今、本多さまの隣にいます。ここに来てから会いたかった推しの一人にようやく会えました……！

生きてる推しとか贅沢《ぜいたく》すぎて気絶しそう。だって現代だと推しはみんな死んでるし。ヤバいヤバい呼吸ヤバい。

まあその隣にはお殿さまもいるんだけど。ごめん正直いなくてもいいです。

あたしの肩の傷は縫いはしたけど骨まではいかない浅いものだった。本多さまの家のお抱えの医師だという人が丁寧に手当てをしてくれたので、ひとまず血も止まったし。

でも感染が怖いから、戻ったら焼酎でじゃぶじゃぶ洗わないとなー。

「しかしあれは摩訶不思議《まかふしぎ》な技だ。どこの道場で習った」

「無手勝……わっちが考えんした」

「ふうむ……なぜ梶井はあれだけの一撃で動かなくなった」

「顎は人体の急所でありんす。顎を強く打てば頭が働かなくなりんすえ」

「ほお」

「[170]新陰流《しんかげりゅう》ならこたあ体術への備えもあると聞きんした。わっちはただただ運が良かっただけでござんす」

「そうではなかろう。[171]竹刀稽古ばかりの道場で、真剣を目の前にして空手で男を打てる女性はそうはおらぬ」

「あれ、それは褒めてくだしんすのか、[172]猪武者《いのししむしゃ》だと言いんすか」

「褒めておる。——松平殿、此度《こたび》は良き女性を紹介つかまつった」

「であろうであろう。山吹は江戸一番の好い女じゃ」

「これは相当惚《ほ》れこんでおられるな。お上にだけは注意なされよ」

「わかっておる。わしも山吹に一喝されて目が覚めた。国元の民を困らせることはせぬ」

「うむ、互いにな」

え、この二人、意外と仲良しなの？　マジ？

ちょっと歴女として人物相関図作っていいですか。

170　俗にいう柳生新陰流のことです。柔術の一種も技にあり、後年は植芝新平の合気も取り入れたと言われています
171　江戸中〜後期は現代のように竹刀でのみ稽古をする道場が大半でした
172　深く物事を考えず突撃してくる猪のような戦い方の侍のこと。あまりいい意味では使われません

それが数百年後に掘り起こされて歴女大歓喜とかしたいんですけど！

「さて、勝った者には恩賞を与えねば。山吹、なんぞ望みはあるか」

本多さまがゆったりと聞く。

さすがにこれはマジ怒りされるかなー。

でも言っちゃえ言っちゃえ！　たぶんこんなチャンスもう二度とない！

「されば……[173]仕掛に数珠柄を使いんすことを願いささんす」

「はっはっは、それほど忠勝公が好きか」

「あい。好いております」

「松平殿、こう言っておるがいかがする？」

「……山吹の願いならば致し方あるまい」

「岡山松平がしおたれた犬のような顔を！　罪な女性もいたものだ。良い。許す。数珠掛けの仕掛でせいぜい松平殿を困らせてやると良い」

・

[174]駕籠《かご》から降りて、お殿さまと一緒に吉原《よしわら》の大門をくぐる。
正直、生きて帰れないかもと思ってたからなんか嬉《うれ》しい。

本多さまも男前な性格……てゆーか、このお殿さまと気が合うだけあって、あれは変わってるだけか。

勝ったときもメンツを潰した花魁《おいらん》として闇に消されるのも覚悟したもんなあ。

まあうちは勝てば満足だからそれでも笑ってただろうけどさ。

心配なのは梶井さん。

本多さまはああ言ってくれたけど、本当に腹を切らないか気になって仕方ないよ。

江戸時代にヤンキーはいないし、ボクシングの概念なんかないんだから気にしないでくださいって言いたいけど、まず話を理解してもらう前提条件からして無理があるもんなあ……。やっぱりいつものノリでアッパーぶち込んだのはよくなかったかなあ……。

「どうした、山吹、気ぶっせいな顔をして。傷が痛むのか」

[175]山口巴屋《やまぐちともえや》の前に、わざわざ[176]緋毛氈《ひもうせん》を敷いた縁台を出させ、そこにあたしを座らせたお殿さまが、隣から顔を覗《のぞ》き込んできた。

「梶井さまが腹を召さんかが気がかりでおりんす」

「ああ、そのことか。心配するな。あれで本多は筋の通った男。やらせぬと言えばやらせ

173 山吹の推しの忠勝さまが甲冑に大数珠をよくつけていたことから
174 吉原の中にはどんなお金持ちでも大名でも駕籠で入ることはできませんでした。例外は医師だけでした
175 吉原にあった引手茶屋（遊女屋への案内をしたり宴会をしたりするところ）の中でも大門に近く、最も格の高かった店
176 緋色のフェルト布。よく時代劇の店先の縁台にかけてある赤い布です

ぬ。わしが親しくしておるような男だぞ?」

……なんかよけい心配になった。親しいのか……親しくできるのか……この人と……。

ふう、とため息をついたあたしの機嫌を取ろうとしたのか、お殿さまが、よし、と手を叩《たた》く。

「今日は山吹総揚げといくか!」

「お殿さま、わっちは怪我人《けがにん》でありんすよ。いかなわっちとて、今日くらいは養生せねば身が持ちんせん」

「ああ、そうだったな、すまぬ。……そうだ、山吹、わしは数珠柄の仕掛など仕立ててやらぬからな! 絶対に仕立ててやらぬからな!」

突然、お殿さまが立ち上がらんばかりの勢いであたしに食ってかかってきた。

ほんと、この人、しょーもない。

「あいあい。自分で仕立てさせさんすゆえに心配なぞ無用でござんす。赤の仕掛の仕立て直しも無用でおりんすよ」

「なぜだ。わしはあれは仕立て直す気でおったのに」

「あれには鉄火山吹の武勇伝がつまっておりんす。御前試合に持ち込まれ、その血を吸った花魁の仕掛なぞ、前代未聞でおりんしょう」

「そうか……そう思ってくれたのか。真剣勝負の意味もわかっておらなんだ、うつけのわしに……」

「わっちは勝負の好きな女。花魁の身ではけして味わえぬあのような場を設けてくだしんして、かえってお殿さまには礼を申したい心もちでおりんす。本多さまにも会えんしたしなあ……」

「本多の話はするな！　まったく、山吹が本多に入れ揚げているのを知っておれば、はなからこのようなことをせんかったというのに」

「わっちの片恋でありんすよ。それにわっちがほんに好いておるのはもういない忠勝公でござんす」

「わしは忠勝公まで嫌いになりそうだ。ほかに片恋している男はいないか？　正直に申せ！」

「それは野暮というもの……いつかはわっちの口から、殿さまがいっち恋しいと言わせてくんなんし……」

　勝手にヒートアップしちゃったお殿さまの顔を上目づかいで見て、その小袖の手元を軽く引きながら、あたしは目を細めて微笑《ほほえ》む。

「う、うむ、そうだな。また山吹の[177]厭《いと》う野暮天[178]になるところだった。だがな、いいか、

177　すっごくイヤ、軽蔑しちゃう
178　マジダサ男

山吹、わしに好いてほしい女はあまたおる。はようせねば間に合わなくなるかもしれんからな。それだけは覚えておけ」

……ちょろいなあ。現代だったら絶対に変な壺《つぼ》を買わされるタイプだよ、この人。しかも最後まで変だってことに気付かないという。

「あい。心に刻みんすよ」

「ならば良いのだ」

ふむ、と勝手にうなずいて、お殿さまは不意に上を見上げる。

「……空が綺麗《きれい》だのう。なぜだろうな。そなたといるとつまらぬものが綺麗に見えてかなわん」

それから慌てたようにふるふると顔を振った。耳が赤い。

え、これで照れるの？

この人の基準、マジわかんない。

「茶を、茶の代わりをはよう持て。最中の月はまだか。山吹を待たせるな」

あーもう、しょうもない。

そう思いながらも、あたしはそんなにいやな気分じゃなかった。

「そう急がんともゆるゆると、空模様を楽しみましょうえ。わっちの心もあの空のように晴れておりまする……」

第六話　祝勝会と死亡フラグ……？

名残惜し気なお殿さまと別れて、あたしは巳千歳《みちとせ》の入り口をくぐる。

今朝ここから出発したのに、もう何日もたったみたいな変な感じ。

「山吹《やまぶき》、戻りんした」

誰にともなく声をかけながら中に入ると――。

「山吹どん！」

桜《さくら》と梅《うめ》が顔中に嬉しそうな笑みをたたえて迎えてくれた。

ついでに、いつもの顔のお内儀さんも。

「お殿さまの使いの方が来なんして！」

「山吹どんが見事お武家さまに勝ったと！」

「この子らの言うとおりだよ、山吹。はあ、あんた、まさか幽霊じゃあるまいね」

お内儀さんが手の甲をひらひらとうらめしやのポーズで振ってみせる。

「この通り、手も足もついておりんすよ」

「あんたぁ何者なんだい。相手は本多《ほんだ》さまの家中の一番手だったというじゃないかい。まさか色香で落としたんじゃあるまいねえ」

「わっちはただの花魁でござんす。色香で落とすほどの器量もありやしやんせん」

「そっちの方がよっぽどことじゃないか。どうやったらただの花魁が御前試合に勝って帰って来るんだい。はあ、これからまた廓《みせ》はあんた目当ての客で大忙しだ。いやんなっちまう」

　ふん、と鼻を鳴らしてから、お内儀さんは照れたように笑った。

「……おかえり、山吹。よく無事に戻って来たね」

「あい。行く末もよしなに願いんす」

「肩を切られたというがそれは大丈夫かい」

「浅手《あさで》でおりんす。ただ二、三日は勤めを休ましていただきんしてもよろゅうござんすか。宴会に出るのやただ会うだけならできんすが……。あとはさすがに今日だけはすべて休ませてくんなんし」

「いいとも、それで充分さね。あんたの客はみんないい筋だ。床入りするよりあんたがお武家さんをやりこめた話を聞きたがるだろうさ。それでもなんやかんや管《くだ》を巻く[179]野郎がいたらあたしがなんとかしてやるよ。あたしはなんせ、巳千歳のまあむ　ふらわあだ」

「お気遣い、ありがとうございりんす」

「なあに、礼なんて言うもんじゃない。ここにいるうちのお職にゃずいぶん稼がせてもらってるからね。無体を言って廓《くるわ》替え[180]なんてされたら困るってもんさ」

わざとらしく肩をすくめ、お内儀さんは「ああ忙しい忙しい」と内所に引っ込んでしまった。

顔はいつも不機嫌そうだけど、中身は意外と優しくていい人なんだなーと思う。

お水の経営者に向いてるね、まあむ　ふらわあ。

「山吹どん、座敷《ざしき》に祝いの準備をささんした。さ、さ、早く」

「あれ、桜姉さん、肩に怪我《けが》のありんすお方の腕を引いちゃあなりんせん！」

「これは……！」

二人に先導されて自分の座敷に帰ったあたしは、卓の上に並べられたごちそうに目を見開く。

コーヒー、ケーキ、それにこの前のよりもっと大きなローストイノシシ……！

「恋秘《コーヒー》に景気《ケーキ》、山吹焼きにささんす！」

「山吹どんの勝ち祝いということでたぁんと用意いたしんした！　お内儀さんもああ言いささんしたことでおりんすし、わっちらに存分に祝わせてくだしんす」

179　ぐずぐず文句を言う

180　店を替わること。いわゆる引き抜きです。それ以外に足抜けや不義理を働いて、罰として強制的に下層の店に落とされることもあります

「すべて二人だけで用意してくだしったのでござんすか」

「あい。わっちらは山吹どんの妹女郎でありんすから」

「お内儀さんもいくらか出そうかと言いささんしたがお断りいたしんした」

「山吹どんをどうでもわっちらだけで祝いとうござんしたゆえ」

え、え。禿《かむろ》って無給だよ？　あたしやお客さまからの小遣いでやりくりしてるんだよ？

そりゃあ住居費や食費や光熱費はかからないにしても、習い事や自分が食べたいものなんかは自費なんだよ？

だから、着物だって簪《かんざし》だって、面倒を見るのは姉女郎って決まってるんだから。

あーもう……あたしこういうのに弱いんだよ……。

強く出られたら殴り返せるけど、優しくされると申し訳なくなっちゃう……。

なんとかこの子たちが使った分くらいのお金を返したい。

いや返さなきゃ義理が立たない。

でも、どうしよー……。

……あ。

「ではわっちもご祝儀をやらねばなりんせんなあ」

「え」

「わっちの禿がよぅ育った祝儀でささんす。よもや受け取らんとは言わぬでござんしょう？」

顔を見合わせていた桜と梅が、あたしの言葉からなにかを察したのか、深々と頭を下げた。

「ありがとうございりんす」

「謹んでいただきんす」

あーもう可愛《かわい》い。マジ可愛い。

あたしはニコニコするのが抑えられない。

「それでは酒をついでくんなんし」

「傷に障りやしやんせんか」

「かえって毒消しになりんすえ。ももんじを食べるときはこれがのぅては味気ない」

「山吹どんは豪気でありんすなあ」

「なに、花魁《おいらん》になりんすれば度胸など嫌でもつきますえ。ささ、桜と梅も食《は》みなんせ。今日はわっちは一日お茶ひき。付きおぅてくれねば不義理と申すものでござんすよ」

を思い出す。

「わっちは恋秘だけは勘弁してくんなんし」

眉を寄せてそう言われ、梅が最初にコーヒーを飲んだときに苦さにさんざんむせたこと
ほんと、可愛い。

絶対あたしが二人は守るからね。巳千歳一の花魁に育てるからね。

「なにやらやかましゅうおりんすなあ」

「桔梗《ききょう》殿！」

「ほう、これはお武家さまに勝った山吹殿。花魁なぞ辞めて剣術指南でも始めたらどうですかえ。さすれば巳千歳のお職はわっちでござんす」

「よう口のまわること。それでわっちがおらんようになりんして、桔梗殿はお職になってうれしゅうござんすか」

「うれしゅうはありんせんなあ。わっちは剣術ではなくここで山吹殿とお職勝負がしたいゆえ」

……このツンデレめ！

事情を知らない桜と梅は、「どうしよう」「どう止めよう」という顔をしている。

「安心なんし。桔梗殿はこれでも祝いに来てくだしったのでおりんす」

「これでもとはなんでござんすか」

「この口のきよう、これでもでござんしょうよ。さ、お入りなんし。わっちの可愛い禿らが祝いの準備をしてくだしんした」

「これは豪勢な。桜も梅も孝行な禿でおりんすな」

「あい。わっちにはもったいない禿でおりんす」

「……うちの椿《つばき》も入れてやってようござんすか」

桔梗の後ろから椿ちゃんがおずおずと顔を出す。

『椿にも好かれちゃあおりんせん』

あのときの切なげな桔梗の声が頭の中に蘇《よみがえ》った。

「もちろん。さ、椿もお入りなんし。祝いの席に供に誘いささんすなど、良き姉女郎を持ちんしたなあ。ほら、童の好きな甘いものもたんとありますえ」

「ならば山吹殿も童であると」

「桔梗殿にはケーキはやりんせん」

「冗談、冗談でござんすよ。ほら椿、山吹殿がこう言ってくだしんした。遠慮のう食べましょうぞ」

桔梗と椿ちゃんが座敷に座る。

怪訝《けげん》な顔をしていた桜と梅も、桔梗とあたしの笑顔のやり取りを見て安心したみたいだ。

桔梗の前にも料理を置いたり、ちょこまかと動き回っている。

死なくてよかったなあと、今日、はじめて思った。

＊＊＊

やられた。

それが第一印象だった。

いやさ、言葉のはずみってあるっしょ？

それも御前試合の直前なんて、ちょっと変なこと言ってもしょうがないっしょ？

まさか本気にするとは思わないっしょ？

確かに、「戻ったら中村座であたしの芝居でもかけてください」って言ったけど、そんなん、「俺、無事に戻れたらこの子と結婚するんだ」的な死亡フラグみたいなもので……。

てゆーか普通死亡フラグってマジ死亡しちゃうからその先はないはずで……ヤバい思考がぶっとんでく。

とにかくあたしは『今巴鉄火黄華鬘《いまともえてっかきけまん》[181]』という歌舞伎が中村座で上演されると聞いて、頭をかかえていた。

タイトルからして不安しかない。

だいたい、うちは吉原《よしわら》から出らんないのに、本人が見られない本人のお芝居を上演してどーすんのよ……バカ殿。

「わしが約定《やくじょう》[182]をたがえぬ男だということがわかっただろう？」

登楼してきた殿さまの一言目がそれで、あたしは思わずその嬉《うれ》しそうな顔にアッパーをぶちこみたくなった。

中村座といえば帝国劇場みたいなもの。そこで一般人のあたしがヒロインの芝居とかありえんでしょ……。

確かに江戸時代は実在の有名人を題材にした歌舞伎や浄瑠璃も多かったけども！

でもそれってガチ有名人クラスだから！

八百屋お七とか笠森《かさもり》[183]お仙とか……。

181　巴御前のような強くて鉄火肌の華鬘が活躍するよ！的なタイトルです。黄は黄色の花が咲く山吹を暗示しています

182　約束

183　笠森稲荷の近くの水茶屋に勤務していたところから笠森お仙と呼ばれています。怪談月笠森など多くの演目の題材になっています。江戸のアイドルでしたが、結婚しすっぱり引退。長生きして幸せにくらしました

八百屋お七なんかすげいよ。処刑の前に江戸市中を引きまわされたんだけど、そのとき黄八丈《きはちじょう》を着てたから、江戸中から黄八丈を着る娘がしばらく消えたくらい。

「あい、心からわかりんした……」

「どうした、喜びの余り声が出ないのか」

「いな、御前試合のことは内密にした方が良《い》いかと思うただけでありんす……」

「それはそうだ。なんだ、そなた、御前試合が芝居になると思っていたのか？　いくら鉄火山吹といっても学があっても、吉原の中でだけ咲く花だのう。あのようなこと、芝居にできるわけあるまいぞ。しっかりせい」

……説教された……！　「あの」殿さまにドヤ顔で説教された……！

やっぱアッパーきめていい？　ねえ、いい？

「さようでござりんしたか。ならばようござんした。さればどのような演目になりんすか」

「わしとそなたの出会いの芝居じゃ！」

……アッパーじゃ足りないな。チョーパンもきめないと。

花魁が火搔《か》き棒振り回して戦うお芝居なんて、江戸中にあたしの黒歴史を広められるようなものじゃん！

「まあ、そのまま書けばさしさわりがあるゆえに、山吹は華鬘《けまん》という名にした。み仏を飾るものの形をした美しい花でな、黄華鬘《きけまん》という黄色のものもあるから、そなたに良く似合うであろう。わしもさすがに松平《まつだいら》はまずいからのう、山吹に横恋慕した大店《おおだな》の息子ということになっておる」

あ、ちょっとほっとしたかも。

「だがな！」

うん、やっぱダメだった。

「最後の段はそなたが火掻き棒で勇ましゅう戦う段だ！　これだけは外せぬ！　そして美しい華鬘《けまん》はもとから好いておった大名の元へ帰るのじゃ……」

それ、アンタのことだろ。

ちゃっかり自費で夢かなえてんじゃねーよ。

「役者も一流、脚本《ほん》も一流、なにもかもそなたにふさわしいものを揃《そろ》えたつもりだ。もちろんわしとてそなたがここを自由に出入りできぬことはわかっておる。ゆえに火掻き棒を掲げた錦絵[184]も刷ることにした。こちらはちゃあんと山吹の名を入れて刷るからな。安心せよ」

それ安心できない！　できないできない！

184　人気のある役者や一般人を描き、木版刷りして大量生産したもの。現代でいうアイドルポスターに当たります錦絵？　マジ？

やめてあたしのポスターなんか刷らないで！

いや吉原ナンバーワンになるためには芝居もポスターもありがたいんだけど、そんなに火搔き棒にこだわらないでー！


あたしは刷り上がった錦絵を前にため息をついていた。

顔は本人よりよく描けてる。悔しいけど、正直美人だ。たぶんあたしの宣伝効果的にはすごいはず。

そこまではいい。

でも火搔き棒……。いくら拒否しても「山吹といえばこれであろう」とお殿さまが退いてくれなかった火搔き棒……。

錦絵の中のあたしは、お殿さまがくれた赤繻子《しゅす》地の金襴《きんらん》の背に火搔き棒の柄の入った仕掛を来て、さらに火搔き棒を手に大見得を切っていた。

しかもこれが爆売れしてるとか。

江戸時代ヤバい。宇宙ヤバい。よくわかんないけど価値観ヤバい。

錦絵効果と華鬘のモデルになった花魁っちゅーことで、新規のお客さんもかなり増えたんだけど、素直にお殿さまに感謝できない自分がいる。

だってみんな火掻き棒をかまえてくれって言うんだもん！

もう忘れてよぅ……。相手もいないのになんであんなものかまえなアカンの……。

今日の夜見世には馴染《なじ》みの筆屋《ふでや》伊兵衛《いへえ》さまが来てくれた。

もちろん、伊兵衛さまが仕立ててくれた白の正絹地に金糸で山吹柄が刺繍《ししゅう》された仕掛を着て、あたしは上座に網を打つ。

「山吹、中村座の芝居、観に行ったぞ。華鬘役が凛々《りり》しゅうてな、まるでおまえを見ているようだった。周りに座る者たちにあの華鬘役の手本となった花魁《おいらん》と儂《わし》は旧馴染《ふるなじみ》だと自慢したくなったわ」

なのに、まず伊兵衛さまの口から出たのはその言葉だった。

……観に行っちゃったんだ……あれ……。

「あれ伊兵衛さま、恥ずかしゅうおりんす」

「自らの芝居があの中村座にかけられるなぞ、これ以上ない誉れだろう。恥ずかしがることはない。しかし、たいそうな人気でなあ。儂でも良い場所を取るのに苦労した」

「人気……でござんすか」

185 かっこいいポーズをキメていた

「そうか、おまえはいつもここにおるから知らないのだな。いま江戸は、華鬘と華鬘のもととなった山吹の話ばかりだ。女衆まで競って錦絵を買い求めておる。ほら、女衆は廓《みせ》には入れぬだろう？　[186]山吹焼きや景気、あれを亭主の土産にねだるものも多いそうだ」

「それは光栄なことでありんすなあ」

だから最近お内儀さんの機嫌が妙にいいのかー。

忙しい忙しいって口では文句を言いながら、なんか足が軽そうだったもんなー。

ち、現代ならマージンもらえそうなのに、惜しいことした。

「金物屋も火掻き棒が売れて潤っているそうだよ」

マジ？

なんで？

マジで江戸ヤバいよ！

冷静になって！　火掻き棒だよ？　あんなの火の中をかき回すただの鉄の棒だよ？

なんでアイドルグッズみたいになってんの?!

「大大名のお方が馴染《なじみ》になったのも知っておるよ。それでも儂のような旧《ふる》い馴染を振ることもなく、町人にもおごることなくいる山吹は、本当に良い女だという評判だ。儂もそのような話が耳に入るたびその義理堅さが嬉しくて仕方がない。仕掛のせいだけではない、山吹はもとより天女だな」

よし！　話がそれた！

せっかくだから仕立ててくれた仕掛にありがとうしよう！

「そんなそんな。伊兵衛さまの仕掛のおかげでおりんすよ。伊兵衛さまの仕立ててくだしったこの仕掛、桜と梅なぞ飽かずに眺めておりんした。いまにも羽が生えそうだと」

「はは、[187]羽が生えて天に帰られたら儂が困る。今度は儂が仕掛を汚してやろうか」

「あれ、ご冗談……」

「本気だよ。おまえは本当に好いたらしい女だからなあ」

そこで、つい、と伊兵衛さまが座り直した。

「ところで山吹、そろそろ呼出《よびだし》になる頃合いではないか？　なに、多少揚げ代が上がったとて儂の足は遠のきはせんから安心しなさい。馴染の花魁の格が上がったと自慢話の種が増えるだけだ」

あ、そうかも。

まだまだ遠いと思ってた呼出だけど、そこまであたしが話題になってる今ならいけるかも……！

[186] 江戸時代は既婚者が遊女屋に通っても、財産を食いつぶす、遊女に入れ揚げすぎる、などの問題を起こさない限り、それほど忌避はされませんでした。歌舞伎の演目の題材になり、錦絵まで刷られた花魁なら特にです

[187] 天女伝説の定番、男が羽衣を手にして隠しているうちは天女は人間界に留まり嫁になってくれていたが、羽衣を見つけ手にした瞬間、天に帰って行くということにかけています

憧れの花魁道中……！

「さよでござんすなあ……。されど、これぱかりはわっちの一存ではどうにもできやしやんせん。伊兵衛さまよりこれこの通りお言葉をいただきんしたと、お内儀さんと話をささんす」

「うむ。いざとなれば儂が口添えをしてやろう。ぜひ、話してみなさい」

やった！

あんなお芝居を上演したお殿さまのことを恨んでたけど、こういう展開もアリなんだ！

アッパーきめたいなんて思ってごめんなさい、お殿さま。

次に来たときはがっつり素直に感謝いたします。

とはいってもあたしも忙しい、お内儀さんも忙しい、で、なかなか話を切り出す機会がなかった。

遊女の側からこんなん言っていいのかもわからんし。

だからといってその辺の事情を桔梗に聞くのも悔しいし。

うむー……。

まだ指名がついてない昼見世だから、ほんとはお馴染さんたちに営業手紙を書いたりしないといけないんだけど、手につかない……。

あ、指名、来た。

え？　土屋《つちや》さま？　しかもお武家さま？

一瞬、最推しの土屋さまかと思ってファッってなったけど、その割にはやり手の対応も塩だし、大名なら頼むような台の物なんかも届かない。

同姓の別人かあ……土屋一族って分家も含めたらけっこういるしなあ……そういえば土屋さま、恋文くれたり「会いたい」って手紙くれたのに来てくれないなあ……と思いながら、それでも身支度をしっかりと整える。

どんな身分の方でもお客さまはお客さま。また来ていただけるように最高のおもてなしを。

それがナンバーワンキャバ嬢だった鉄火のアンナの誇りなんだから。

「入りんす」

そう言いながら座敷《ざしき》に上がる。

すると、土屋さまというお武家さまは、背筋をぴんと伸ばして、もう下座に座っていた。細身で色白、でも目力のあるあたしの好みど真ん中タイプだ。ザ・サムライって感じが少し式部《しきぶ》さんに似てるかな。

「久しぶりだな……山吹。足繁《あししげ》く通えずまことに相すまぬ」

「さようなこと申しんすな。わっちは来てくだしんすだけでうれしゅうおりんすよ」

「おまえは変わらぬな……。芝居や錦絵の評判を聞いたから私など振られると思っていたが、いつものように笑ってくれる」

土屋さまが少しさみしげに微笑《ほほえ》んだ。

うーん、この言葉から察するに、この人は細客[188]？

「本当におまえにはすまぬと思っているのだ。私がこんな貧乏大名でなければもっとおまえを盛り立ててやれるのに……」

え？

いまなんとおっしゃいました？

大名？

「されど、土浦《つちうら》藩の台所事情は表向きの石高《こくだか》より厳しい。私もとても他の大名の方々のような派手な遊びは国元の民に申し訳なくてできぬ。それゆえただの侍姿に身をやつし、身分を隠して通う自分が情けない。もとより、他の藩主との宴席に侍っているおまえに恋した私が悪いのだが……。はつ恋だったのだ」

……この人、土浦藩藩主の土屋さまだ……！

ウソ、マジ……？

えええ！

最推しが……！

いちばん会いたかった最推しが目の前にいる……！　はつ恋だとか言ってくれてる……！

尊い……！　尊すぎる……！

貧乏かあ……そういえば土浦藩って呪われてるのかと思うほど水害に見舞われてたもんね。

藩の歴史を調べたとき、水害にあう、の文字の多さに戦慄したもん。

藩がお救い米所を開設した、というのに至っては、江戸との交易で栄えてた[189]はずなのに中身はどんだけ不運なんだよ……って同情したし。

188　現代水商売用語。あまりお金を使わない、あまりお店に来ないなどの細いお客様の略です

189　醤油を「むらさき」と呼ぶことがあるのは、土浦藩の領内にあった筑波山の別名の「紫峰」が由来であるという説もあるくらい、江戸との交易が盛んでした（日本醤油協会の見解とは異なります）

「さようなことを申しんすな。わっちはお会いできんすだけで胸詰まる想《おも》い……はあ……今日はほんに良《い》い日でござんす……」

うん、マジで。

息止まりそう。心臓の動きヤバい。最推しが自分の好みのどストライクタイプだったとか歴女的にどうしたらいいの。

しかも、体面を大事にする大名が、好きになったからってわざわざ身分を隠してまで通っててくれたなんて……そのうえそれが土屋さまだったなんて……！

後世に残ってた土屋氏の評判は嘘《うそ》じゃなかった。

一徹な忠義者。徳川《とくがわ》家からの信頼も篤《あつ》い。

「私も胸が詰まる想いだ。ようやく会えた……山吹」

土屋さまがやっと表情をゆるめてくれた。

あ、ダメ、やっぱ笑わないで。息どころか心臓が止まる。

「ところで山吹、呼出への格上げの話だがな、私に遠慮などもうするな。芝居になり、錦絵になり、おまえはもう一流の花魁だ。松平殿がおまえを盛り立てているとも聞いている。私はおまえに幸せになってほしい」

え？

「呼出になれば揚げ代もかかる、私も派手なこともせねばならぬ、ゆえに今よりもっと通えなくなる、とずっとお内儀からの申し出を断っているであろう？　だがもういい。私は充分に夢を見た。次はおまえが夢を見る番だ」

そういうことだったのかー……伊兵衛さまに勧められた通り、お内儀さんに話なんかしなくてよかった。

そっか、本来なら呼出相当だからあたしは客筋もいいし、天下の山吹なんて言われてたんだ。やっと謎が解けたよ。

……てか、相思相愛かよ！

道中をするという花魁のいちばんの夢を捨てるほど、山吹は土屋さまのこと好きだったのかよ！

どうしよう……あたしだってやっと会えた生きてる推しに「はつ恋だった」なんて言われて、そんな簡単にじゃあ呼出になります。なんて言えないよ……。

「……それはいま少し、考えさせてくだしんす」

いまのこの気持ちはきっと推しに会えた嬉《うれ》しさだ。

恋じゃない。でも恋かもしれない。

吉原《よしわら》ナンバーワンの呼出花魁《おいらん》になって花魁道中をするのはもちろんあたしの夢だよ。それは今でも変わらない。

でもそこに迷いがあっちゃダメなんだ。御前試合のときに、自分にすべてを賭けたように、まっすぐな気持ちで道中ができる花魁にならないと。

でないとここまであたしを贔屓《ひいき》にしてくれた人たちにも失礼だよ。

それに、あのときこうすれば、なんて考えるの、あたし、大嫌いだ。

「あ、されど土屋さまは八月には国元に……」

普通の大名の参勤交代は四月から江戸詰め一年。

でも関東圏の譜代大名は二月から半年。

土屋さまの土浦藩は茨城県にある。そして土屋さまは譜代。

あーもう！　将軍[190]があと一代か二代前なら土屋さまは老中[191]でずっと江戸詰めだったのに！　何十年も老中をなさったのになんでうちのときに当たらんの！

「それが今年[192]は雑事が多くてな、一年おらねばならぬことになった。国元の民のためでもあるゆえ、異存はないが」

「ではそれまでには答えを出しんす。まだわっちにも自分がわかりんせん」

「そうか。良い。山吹の思うとおりにしておくれ」

土屋さまがどこかほっとしたように言う。

「ではいつものように、おまえの琴を聴かせてくれないか」

あたしが琴をつまびく間に、土屋さまはぽつりぽつりと話す。

「あい」

「本当に山吹は変わらぬなあ……私のためにお内儀と直談判《じかだんぱん》してくれたころと……呼出になれば揚げ代が上がってかえってお茶をひく……ならば今のままで巳千歳をもっと稼がせてみせると……そのせいで折檻《せっかん》を受けて寝付いたと聞いたときは心潰れる思いであったよ……」

あ、『試さんで駄目だとなにゆえおわかりささんすか』ってお内儀さんに啖呵《たんか》を切ったってそのときだったんだ。

それであたしは言葉の通りよく稼いでるからお内儀さんはあたしのワガママを許してる、と。

そっか、山吹、あんた本当にこの人に惚《ほ》れてたんだね。

あたしもその気持ち、大事にするよ。

答えがはいでもいいえでも、きちんと考えて返事をするからね――。

190　土屋家は寛文五年から延宝七年まで土屋数直が老中、元禄元年から享保三年（徳川吉宗治世の時代）まで土屋政直が老中を勤めていました。老中はその役職にある間、ずっと江戸詰めでした

191　将軍直属の役職で幕府内の役職としては最高の地位。二万五千石以上の譜代大名しかなれませんでした。大奥の管理から役人の支配までさまざまな職務を行いました

192　実際の参勤交代にはこのような例外はありません。創作上の例外だと考えていただければ幸いです

そして、そんな土屋さまとの逢瀬《おうせ》から少しだけ時は流れて、あたしの座敷。

「はい、桜、梅、わっちのあとに続けて『あいらぶゆー』」

「「あいらぶゆー！」」

いろいろあったけど、仕事をおろそかにしてうじうじ悩んでるのはあたしのガラじゃない。土屋さまのことはもちろん気になるけど……ナンバーワンも夢だし。やっぱ大事なのは仕事だし。

てわけで、馴染《なじみ》の方々への文を書き終えたあたしは、桜と梅が花魁になったとき、他の花魁より頭一つ抜きんでるようになるため、簡単な英語を教えることにした。
193 長崎の丸山の遊女ならオランダ語ができるかもしれないけど、江戸の吉原の遊女が英語ができたなんて聞いたことないからねー。
人と違うことができるのは必ず強い武器になる。

「I love you。これは『好いておりんす』という意味でござんす」

「好いて……おりんす……あいらぶ……ゆー」

二人はあたしの書いたお手本を見ながら、手元の紙に必死で英語と日本語の対訳を書いていく。

「ん、よう書けておりんすえ。次は『わっちを忘れささんすな』でありんす」

「あい」

「Dont forget me。書きんしたか？　ならばわっちに続いて繰り返しささんせ。どんとふぉーげっとみー」

「「どんとふぉーげっとみー！」」

可愛《かわい》らしい声で桜と梅が繰り返す。

「文に書きつけんすときは、これに忘れな草の押し花でもつけると雅《みやび》でようござんしょう」

「なるほど」

「それなら花の絵を描いてもようござんすなあ」

「二人ともそのうち一日何通も文を書くことになりんしょうが、一通一通に心をこめねばなりんせん。その方のことを思い出して書かねばそれは相手方にも伝わりんすえ。みなに同じことを書きつけんすなど言語道断でござんす」

193　丸山遊郭にはオランダ人専門の遊女がいました。オランダ人が遊女に優しかったことや、給与が高めだったことから次第に人気の職業となり、一般子女も派遣を希望するほどになりましたキャバ嬢時代はメール営業もしまくったからなー。

はじめはコピペメールを送るだけだったから全然ウケなかったけど、そのうちお客さまのお仕事や好きなものを話に織り交ぜるようになったら返事も来るようになって、店にも来てくれるようになったもん。

やっぱ、自分だけを見てくれてるっていう疑似恋愛モードにもってくのは大事だよね。そのために高いお金を払って来てくれてるんだしさ。

「ようわかりんした」

「まっこと勉強になりんす」

「文を書きつける紙の色も、できれば客の好みや文の中身に合わせて変えるとようおりんす。桜も梅も、会えずに切ないという文が桃色の紙に書き付けておりんすより、青や灰の紙の方が悲しげでありんしょう。墨の上に水をたらしんして字をにじませて、これは待つわっちの涙でありんすと書き付けささんすのも悲しみが伝わりんすな」

「ほんに泣いてなくてもようおりんすか」

「泣くような心持ちで書けばようござんす」

「あい」

こくっとうなずいた桜が、おずおずとあたしに聞いてきた。

「お内儀さんが　まあむ　ふらわあ　とときどき自分のことを言いささんすのもエゲレス

語でありんすか？」

「さよでおりんす。まあむ　ふらわあ　は、お花お内儀さんという意味でござんすよ」

「その……わっちにもエゲレスの名前はありんしょうか」

「わ、わっちにも……」

「ああ、気づかず悪いことをいたしんした。ちょいと待ちんしな」

あたしは残りの白い紙に一枚ずつ二人の名前を書いていく。

桜には　Cherry　ちぇりい
梅には　Plum　ぷらむ
現代では梅は Ume が正しいみたいだけど、この時代じゃ絶対通じないし、英語の名前への期待に目をキラキラさせてる梅が気の毒だから、ここは長年梅の英訳として使われてきた Plum にしとこう。

「わあ……！」

めずらしく、桜が子供らしい声を上げた。

梅は紙を頭の上に掲げて見上げながらにこにこしている。

「これからもちょいちょいエゲレス語を教えささんすよ。まずは今日教えたことをよおく覚えなんし」

「あい！」

「好いておりんすは？」

「「あいらぶゆー！」」

声をそろえる二人が可愛くて、思わずあたしまでつられてにこにこしちゃう。

これからも少しずつ、営業に使えるような言葉を教えていこっと！

あたしだけじゃなく、将来は桜と梅もナンバーワンになってほしいもん。

第七話　山吹指名～四者四様～

「近頃お化けが出ると聞きんした」

「わっちら、おっかのうてしょうがありんせん」

桜《さくら》と梅《うめ》に真剣な顔でそう言われ、あたしは首をひねった。

「お化け……ですかえ？」

白い着物でウラメシヤの単純系？　それともお岩さんなお恨みいたします系？　意表をついて妖怪系？

「あい。火の玉が宙をふわふわ飛ぶそうでおりんす」

そのくらいか、と思っちゃうのはあたしが元は現代人だからだろうか。

「死んだ女郎の魂やら、女郎に振られて自害した客の魂やら、そたあ話を聞くとおそろしゅうてたまりやせん」

そういうもんなのかなあ。

うち、ステータスが物理に全振りだからなあ。

そんなん水かけてやればいいじゃんと思うけど。

「ちょうど大門が閉まったころに出ると聞きんしてからは、それはそれはおそろしゅうて……戸閉めしてありんすれば、いざとなっても逃げることもできんせん」

はい桜、さりげなく足抜け宣言はやめようね。

でもそんなに怖いのかー。見てみたいなー。

「見てみとうござんすなあ」

「やめてくだしんす、祟《たた》られたらいかがなさしんすか」

「桜姉さんの言う通りでありんす。山吹《やまぶき》どんの身に障りがあっちゃあなりんせん」

「されど火の玉なら水をかければ消えるかもしやんせんえ」

桜と梅が互いの顔を見合わせてからもう一度あたしを見た。

信じられない、と書いてある。

「祟りが……」

「祟りなどありんせん。あったとしても祟り返すだけでありんす」

「さようでおりんすか……」

「確かに山吹どんなら鬼神も退《ひ》かせるやもしやんせんなあ……」

桜と梅は諦めたのか、それ以上もうなにも言わなかった。

ほんとごめん、物理の女で……。

そんな、桜と梅が怖がっている火の玉は二階……つまりあたしたちの座敷《ざしき》あたりからちょうど見えるところを夜中にふよふよと移動していくらしい。

現物を見たくて、大門が閉じても居続け[194]するお客さまがいないときはいつも見張ってたけど、見つける前に寝落ちしちゃうのの繰り返しだった。

でも！

とうとう見つけた！　見つけたのですよ！

確かに赤っぽい火の玉が空中をふよんふよんしてる！

やった！

あたしは喜びの水を火の玉にぶっかける。

これがやりたくて水差しいつも手元に置いてたんだもんなー。

あ、火、消えた。

194　昼見世や夜見世で入ったあと、吉原の営業時間が終わっても帰らずにそのまま遊郭に泊まる客のことです

え、マジ？

火の玉って水で消えるんだ！　やっぱ物理最強！

と思っていたら、きゃっという小さな声が下から聞こえて、道で黒い人影がもぞもぞとしているのが見えた。

考える前にあたしの体は動いてた。

見回りの男衆《おとこし》に見つからないように静かに、でも激ダッシュして廓《みせ》の前まで駆け下りていく。

そして逃げ出そうとしていた黒い人影の背中を切見世[195]の遊女以上の強さで捕まえる。

「人の廓《みせ》の前でなにをささんす」

お化けの正体は、まだ十五、六歳の女の子だった。

真っ黒な着物を着て顔も黒く塗ってるのが異様だったけど、足もある、会話もできる、とにかく普通の女の子。

「なぜああたことをいたしんした。わっちの禿《かむろ》は怖うて仕方ないと怯《おび》えておりんす」

とりあえず事情を聴こうと座敷に入れた女の子は素直に、「申し訳ありませんでした」

と頭を下げる。

「悪いとわかりささんすならばなにゆえに」

「ここから出たかったのです」

一瞬、足抜け企画組か？　と身構えたけど、女の子の話を聞いてみたらそんなことじゃなかった。

女の子の名前はおゆうちゃん。

縫い子[196]として雇われたけど、通いでいいという約束だったのに吉原《よしわら》に閉じ込められて延々と働かされてるそうだ。

大門が閉じれば逃げることも手紙を出すこともできないから、そのときだけ監視の目が緩むので、それを見計らってお化けになっていたと。

「それで、なぜお化け騒動でありんすか」

「お化けが出るこんな怖いところにはいられないと言うつもりでした……」

子どもかよ……あ、子どもか。

悪徳廓《くるわ》がそんな可愛《かわい》い理由で「はいそうですか」って言ってくれるわけないじゃん……。

「家が恋しいのです……。お給金の良さでこちらに来ましたが、通いという約束を守って

195　最下層の遊郭である切見世は、遊女自らが外に出て客引きもすること、その客引きの強引さで有名でした
196　着物のつくろいなど縫い物全般をする女性。遊郭では遊女以外に飯炊きや縫い子、行灯に油をさす油さしなど様々な職種の人間が働いていました

くれた吉原の外の店の方が、お給金が安くてもよほどよかった……」

「ふうむ」

黒い着物と顔の黒塗りはできるだけ姿が闇にまぎれるようにやっていたことらしい。火の玉はぼろ布に油をしみこませて、細い鉄線の先にくりつけていたと。

「吉原中にお化けの噂《うわさ》が広まって、そろそろ暇乞《いとまご》い[197]を言いだそうとした頃合いでした。でも悪いことはできないものです。こうして見つかってしまいました」

しくしくとおゆうちゃんが泣き出す。

なんかごめん……捕まえちゃって。

でも悪いのはその廓《くるわ》だよなー。明らかに。

「おゆう殿、もう二度とお化け騒動を起こさぬと誓いんすか？　誓いんすならわっちが力を貸しんす」

「生霊が！　生霊がわっちの枕元に立ちんした！」

おゆうちゃんに今後の計画を話したうえで、とりま自分の廓《みせ》へと帰らせた次の日。

あたしは桜と梅の前でわざと大声を上げる。

「やはりお化けなぞ見てはならぬものでござんした。昨日、火の玉を見んしてから、眠れば女の生霊が……」

「あれ、大変！」

「どういたしんしょう」

「生霊は望みを聞き入れささんすまで、わっちに憑《と》りついて離れんと言っておりんす。なんでも加藤屋《かとうや》という廓《くるわ》に閉じ込められんしたおゆうという名の縫い子で、雇い入れのときの約定通り家に帰してほしいと……」

「加藤屋……廓《みせ》のことならお内儀さんに話んした方がようござんす！」

「あい、わっちもさよ思いんす。はよう相談してくんなんせ！」

話を聞いたお内儀さんはさっそく加藤屋に談判に行き、おゆうちゃんは無事に家に帰れることになった。

加藤屋が巳千歳《みちとせ》より格の低い見世だったのと、あたしがいま人気の花魁《おいらん》ということで、縫い子一人でうちのお職を壊すつもりかい、とお内儀さんはすごい剣幕だったらしい。

加藤屋がもともと不正なことをしていたのも、おゆうちゃんに有利だったみたいだ。

197 口頭で出す退職届のようなものです

そのあとおゆうちゃんからは、いまは吉原の外の店で無事に縫い子として奉公していることと、本当にありがとうございました、という手紙が届いた。

それから吉原にお化けは出なくなり、桜と梅が怖がることもなくなった。

つか、「山吹どんも人間でありんしたなあ……」とつぶやいてた桜、あたしをなんだと思ってたんだ。

「ところで山吹」

お内儀さんがあたしに声をかける。

「なんでおりんしょう」

「あんた、すべてわかっててやってたんじゃああるまいね」

「いいえいいいいえ。すべてはお化け。お化けの仕業でござんすよ」

＊＊＊

「わ」

思わずあたしは声を上げた。

[198]文使《ふみづか》いが持ってきた手紙の中に「土屋《つちや》」と署名のあるのがあったからだ。

土屋さま……！

あたしはそれを真っ先に開く。

白い紙に黒い墨で流麗な文字で書いてあったのは「ぬばたまの黒髪に」とだけ。

わー……歌を詠んでくれたんだ。これ、上《かみ》[199]の句だけだから下《しも》[199]の句であたしの気持ちが知りたいってことなんだろうな。

ちょー教養じゃん……雅《みやび》じゃん……二人は今までこういうやり取りをしてたのかー……。

てか生きてる推しからの手紙……尊さ極まってる……！

なら、あたしも推しへのガチ愛を込めますよ！

でもどんなのがいいかな、上の句にあってて、それであたしの気持ちも織り込める下の句。

うーん……。あたしはしばらく大学で勉強してたころの知識を頭の中から引きよせて……。

……「霜のふるまで君を待つ我」よし、下の句、これでいい。

198　私設郵便屋さん。吉原と外部間の手紙を取り持つ職業の人をこう呼びます

199　上の句と下の句を別々の人が詠む、平安時代からある歌詠みの形式を連歌といいます。また、その五、七、五の部分を上の句、七、七の部分を下の句と呼びます

ちょっと破調《はちょう》[200]だけど、上の句があれだからまあしゃーない。

同じように白い紙に黒い墨で上の句を書き写し、そこにあたしの考えた下の句をつけていく。

土屋さまからのお手紙がぱっと見、素っ気ない[201]白い紙に黒い墨だけなのは、上の句のぬ[202]ばたまの黒髪の黒にかけてるんだろう。

だからあたしは逆に白に黒がモチーフの「霜のふるまで」

「ぬばたまの黒髪に　霜のふるまで君を待つ我」

まー簡単に言うと、髪の毛に霜がおりるくらい長い時間でもあたしはあなたを待ちますよっていうのと、霜は白いから白髪になるまでもあなたを待ちますよってダブルミーニング。

ちな、ぬばたまは「夜」とか「黒髪」とか黒いものの[203]枕詞《まくらことば》だから。

よかった……あたしにもわかる系の枕詞《まくらことば》で。

万葉集研究の授業も受けたけどさ、あの時代の枕詞ってとんでもないのが多かったもん。

どんくらいとんでもないかっていうとなんでそうなるかわかんなくて覚えてないくらいのがあるレベル。

あとさりげなくセクハラひでえと思ったのが垂乳根《たらちね》。

母の枕詞だけど垂れ乳ってどうよ？　それで育ったんじゃん！　と思った。

その手紙に[204]いつも使ってる香を焚《た》き染《し》めて、あたしは待たせていた文使いに手紙を渡す。

お返事が来ることを祈りながら……。

後日、[205]「さすれば我も霜のふるまで」と返事が届いて、これって完璧、[206]相聞歌《そうもんか》の交換じゃん……とあたしはガラにもなく顔を赤くした。

そんな、推しの土屋さまとお手紙をやりとりしたふわふわした思い出は、それから数日、あたしを幸せにしてくれた。接客もいつもより気合が入っちゃってたかもしれない、たぶ

200　俳句や短歌で字足らずや字余りになること。ただし「破調の美」という言葉もあり、あえて音数を崩すことで美しさを際立たせることもあります。土屋さまの上の句はぬばたまの黒髪を読み込むために破調としています

201　連歌は紙の色、墨の色、香りなど隅々まで気を配ります。二人ともあえて白い紙に黒い墨だけとするところで黒髪の鮮やかさと霜（白髪）の白さを際立たせています

202　歌を詠むときに「夜」や「黒髪」などの黒いものにつく枕詞です。射干玉（ぬばたま）という檜扇（ひおうぎ／植物名）の実の黒色から来ています

203　特定の言葉の前につけてその言葉を飾る言葉。この言葉にはこれ、とルールがあります

204　連歌は隅々まで気を配るものなので、山吹はこれがあたしの気持ちよ、と自分の普段使っているお香の匂いを手紙に染みこませました

205　なら私も霜のふるまで（白髪になるまで）（あなたを待ちましょう）

206　ざっくりいうと恋の歌

ん。あのお内儀さんが金一封くれたくらいだし。

でも、そんな余韻を吹き飛ばすお客さまがその日は現れて……。

でかい。それが第一印象だった。

「七ツ森《ななつもり》玄太夫《げんだゆう》と申します」

その大男が名乗ると桜と梅がきゃあっと明るい声を上げた。

「相撲を取るのを生業《なりわい》としておりまして、ようやっと大名お抱えになれたのですが、そこから勝てず……」

相撲取り？

ああ、だからでかいのか。

桜と梅が声をあげた理由もわかった。

江戸時代、[207]相撲取りと歌舞伎役者は花魁と並ぶ問答無用のアイドルだ。

特に大名お抱えになるような相撲取りなら強い上に半分武士みたいなものだから、桜と梅はこのお相撲さんの名前を聞いたことがあるんだろう。

「まあ話の前に、七ツ森殿、ござんせ」

ばさりと網を打つとお相撲さんは素直に頭を下げて下座に座る。

「酒など一杯、その大きな体、いける口でありんしょう」

「いいえ！　ここに来たのはそのような目的じゃあないんです！」

……遊郭でそのような目的じゃないって。

どうしてこう、あたしのお客さまには変なのが多いんだろう……。

「それではなにゆえ巳千歳に来なんした？　茶を飲むだけとでも言いささんすか？」

「いや、茶もいりません」

じゃあ、なにがいるんだ。

「今巴《いまともえ》と称された鉄火山吹さまに稽古をつけていただきたく……」

はあ？

なんかすごいの来ちゃったよ！

ムリ！　ムリムリムリ！

相撲とかマジ無理だから！　技とかわかんないもん！

「……わっちは花魁。本職の方につける稽古の技などござんせん」

「いいえ！　松平《まつだいら》さまがうちの殿に山吹さまは素手でお侍を打ち倒したと話しているのを聞きました！」

……あのバカ殿……！　またおまえか！　おまえか！

207　ただし歌舞伎役者などの演劇関係者は遊郭では忌避され、登楼すら許されないことも多くありました。歌舞伎役者と床入れした高級遊女は軽く見られ、振った高級遊女は粋とみなされたということもあります

「ただの噂でござんすよ。松平殿もなにを申しんすのやら……きっと酔っておりんしたのでしょう」

「いいえ。いたってご正気でした」

冷静に返され、あたしは頭をかかえたくなる。

「まあ、その噂がまことだったとしんしょう。されど、わっちは相撲の技なぞわかりんせん。ゆえに教えることもできんせん」

「技ではなく心構えの稽古をつけていただきたいのです！　お抱えになる前は連戦連勝、土なぞついたことはありませんでした。それが禄《ろく》をいただくようになってからすっかり勝てなくなり……お侍の刀に身ひとつで向かわれた山吹さまならなんとかしてくれるのではないかと……」

……あたしにもなんとかなる問題とならない問題があると思います。

だいたい相撲って蹴りも殴りも禁止でしょ？

あたしがいちばん得意なケルナグールが使えないじゃん。

「せっかくお抱えになれたのにこのままでは見切られそうなのです。このままお抱えでいられれば山吹さまの上得意になりますから、ぜひに、ぜひに！」

そんな切々と訴えられてもなあ……と頭を下げる七ツ森さんを見下ろしていると、つん、と桜に袖を引かれた。

「山吹どん、わっちが口を出すのは生意気でおりんすが、どうぞお助けおがみんす」

「わっちからも。どうにもお気の毒でござんす……」

ああ……桜と梅が完全にアイドルを見てる目だ……。

仕方ない。大名お抱えのお相撲さんが上得意になればまた廓《みせ》の評判も上がるだろうし、話だけは聞いてみようかー。

「なにか心当たりはなさしんすか、土がつきはじめたときのことを話してみなんし」

「ありがとうございます！」

がばっと七ッ森さんが顔を上げた。

ぶわっと風が来る。大男の圧、すげい。

「土がつきはじめたのはお抱えになってしばらく、殿の前でほかの大名の方のお抱え相撲取りと勝負をして負けたときからでした。それからはなにやら勢いが出なく、それまでの勝ちぶりが嘘《うそ》のようで……」

「ほぉ」

「土がつきはじめればもう止まりませんでした。自分でもなぜかはわからないのです。つねのように稽古をし、体にも気を付けております」

208　相撲用語。負けることを土がつくと言います

「ふぅむ……七ツ森殿は気の優しい方と言われやしやんせんか」

「なぜおわかりに？　その通りです」

「気の優しいのは悪いことではござんせん。ただ、七ツ森殿は気の優しいのではなく、気が弱いだけかと思いんす」

「気が……弱い……？」

怪訝《けげん》そうな顔をした七ツ森さんの目の前に、あたしは不意にひゅっと簪《かんざし》を突き付ける。

「目を閉じんしたな。勝負なら負けておりんすえ」

「しかし、かように突然」

「わっちなら閉じんせん。生意気をされたとその手を引っ叩《たた》いてやりんす」

あたしは簪を手元に戻しながら、七ツ森さんに語りかけた。

「それに、勝負の場でもさようなことを言えんすか。突然はやめい、手加減せえと頼みんすか」

「いや、それは……」

「それと同じことでござんす。きっと七ツ森殿はこれまで勝ち続け、恐ろしいと目を閉じることがなさんしたのでしょう。けれど殿さまの前で負けてしまい、気づかぬうちに勝負が恐ろしゅうなった。わっちはそう考えんす」

「山吹さまは恐ろしいとは考えないのですか……？」

「さようなこと考えておりんしたら、いま生きてはおりんせんえ。勝たねば死ぬ。さよ思いなんせ。さすれば目を閉じることも減りんしょう。また勝てるようにもなりんしょう。禄のことを考えるなぞまだまだでござんす。いちばんいちばん[209]に命を懸けるつもりで取り組みんしな」

「勝たねば死ぬ……」

「死ねば禄ももらえずおろく[210]になるだけでありんす」

ふふ、とあたしが笑うと七ツ森さんも笑った。

よかった。いちおう今のはギャグだったんで。

「おかかえになるまで負け知らずでありんしたなら、目を閉じるのさえやめんしたらまた負け知らずになりんすよ。気の優しいのと気の弱いのは違いんす。ほんに優しい人は強うありんすからなあ。あ、わっちは違いますえ？」

「いいえ、評判通り強く優しき女性です。優しいのと弱いのは違う……目が覚めた思いです」

「それはまことでござんしょうか」

あたしはまた簪を突き付けた。

209　相撲用語。一戦をいちばんと呼びます

210　死体。死ぬこと。現代でも警察内での隠語で使われています。殿さまからもらう禄＝給料とかけた山吹のギャグです

でも今度の七ッ森さんは大きくて分厚い手でそれを受け止めた。

「今度は目を閉じずに済みました」

「ようござんした。きっとこれからは勝てささんす。相撲の技なぞわからぬわっちの講釈、聞いてくだしんしてありがとうござりんした」

「それはこちらの言うことです。次勝てましたら今度は酒を飲みに参ります」

「あい。待っておりんすよ。……桜……？　手形[211]……？　それは次にいたしんしょう」

ひそひそ声で、手形をいただいてくだしんせんか、と言ってきた桜をいなして、あたしはまた七ッ森さんに向き直る。

「うちの禿《かむろ》が手形を欲しがっておりんす。次は勝ってここに来て、記念の手形をくだしんす」

それから七ッ森さんはまた負け知らずになり、桜と梅に手形もくれました。

どうであれ、おめでとさんでござりんす。だね。

そんな力士の七ッ森さんが来てから三、四日後。あたしのところにあるお客さまが現れた。

でもまさかあんな人だったなんて……！　マジで思いもしなかったんですけど！　……江戸、いろんな人いすぎ！

「ちょいと山吹、お内儀さんが呼んでるよ。ただし表にゃあ出ちゃあいけない。客から見えない廊下の端に立っといでとさ」

「あい」

やり手にそう声をかけられたときは、妙なことを言うなあと思った。でも、まあお内儀さんがそう指示したなら仕方ない。あたしは素直に座敷《ざしき》のある二階から降り、一階の廊下のはしっこでお内儀さんを待つ。

あまり待つこともなく、お内儀さんがいつもの渋い顔を二倍くらい渋くして現れた。

「なんでござんしょう」

「あんたに初会の客なんだけどねえ……」

「あれ、それならお通しくだしんす」

「いや、ありゃあ尋常じゃないんだよ。あんたが客を振らないのを信条にしてるのはわかってるが……うん、ありゃあ尋常じゃない」

じんじょーじゃない、を二回も繰り返すお内儀さんを見ていたら、あたしまで不安になってきた。

211　現代でもそうですが、力士の手形は縁起物として扱われます。特に相撲が神事と近かった時代は魔除けなどとして大事にされましただいたい、最近のお客さまはお殿さまとか、勝負に勝てなくなったので勝ち方を教えてくれと迫ってきたお相撲さんとか、悪い人じゃないけど変なのが多いんだもん。

「どう尋常じゃあないんでござんすか」

「真っ黒の宋十郎《そうじゅうろう》[212]頭巾で顔が見えない」

……それは変だわ。

つかそれ、犯人は目出し帽をかぶり、バールのようなもので襲撃的な事案じゃね？

「それとねえ、声が蚊の鳴くようでよく聞き取れない」

うわ。それ事案通り越してる。

「どうする、山吹。服だけ見りゃあそれほど卑しからぬお武家さまのようなんだが、今度ばかりは振ってもいいように思うんだがねえ」

「さよでおりんすなあ……」

いや！　でも！　どんなお客さまでも精いっぱいもてなすって決めてるじゃん！　あたし！

「その方は頭巾の理由はお話に？」

「疱瘡《ほうそう》のあばたがひどいからとは言ってたが……どうもねえ……男がそんなに気にするもんかねえ……」

「それでもいちおう筋の通る理由ではありんすなあ。まあ通してくだしんす。ほんにあばたのひどいのを気のする方やもしやんせん」

「あんたがそう言うんなら……なんぞあればすぐ大声を出すんだよ。あ、火掻《か》き棒はいるかいね？」

「いりやせん！」

どうしてみんなあたしのトラウマをえぐるの！

あたし＝火掻き棒みたいにするのマジやめて……！


先に座敷に上がり、あたしはお客さまを待つ。

桜と梅はなにかあったらいけないから、お内儀さんにお願いして預かってもらうことにした。

座敷の襖《ふすま》が開いて、お客さまが入ってくる。

……これヤバい。マジヤバい。お内儀さんの言うとおりだ。

黒いイカ型の頭巾で顔面を覆い、目だけ出した男は、ホラーゲームのクリーチャーみた

212 頭にイカを乗せたような形の頭巾。頭部から肩まで覆うことができ、引き下げれば目元まで覆うことができます。宋十郎の名前の由来は歌舞伎役者の沢村宋十郎が使い始めたことから来ていると言われています

いだった。

いやいや、お客さまにこんなこと考えちゃいけない。

ほんとにあばたに悩んでたら気の毒だし。

「ござんせ」

あたしがそう言うと無言で男が下座に座る。

「初会でありんす。盃《さかずき》を」

なるべくフレンドリーな雰囲気を作ろうとするけど、男はこくこくとうなずくだけだ。

え、お内儀さん、この人蚊の鳴くような声でも喋《しゃべ》ってくんないじゃん！

その上、盃の上に手をかざして「飲めません」の仕草をする。

あれ、お酒NGなの？

お客さまにこんなこと言いたくないけど……外見通り、また変なの引いちゃったよ……。

そのとき、みんな嫌がったのか、普段は力仕事をしている男衆《おとこし》が二人分のコーヒーとケーキを運んできた。

黒い男が、無言のままちょいちょい、とコーヒーを指さす。

「これを盃の代わりにいたしんすか？」

また、こくこくと男がうなずく。

お願いですから喋ってください……さすがにだんだん怖くなってきました……。

てかいま気づいたんだけど、あばたがひどいからって声を出すのもいやっておかしいよね？

声は普通のはずだよね？

じゃあこの人なんなの？

「わかりんした。ではこちらで。……喉でもやられておりんすか？」

また激しく男がうなずく。

いやおかしいだろ。喋れない、酒も飲めない、顔も出せないで、なんで遊女屋に来る？

忍者のコスプレ自慢？

「ではお名前は喉の具合のよろしいときに聞きんす」

でも、コーヒーを飲むには頭巾をずり上げなきゃいけないよね？

それに気づいたあたしは、わざと男に近寄って、「盃代わりでござんす。飲みなんし」とコーヒーを男に手渡す。

これでも頭巾を上げなかったら通報……じゃなくて、頭巾をひんむいてやる。

でもそんなことはなく、男はゆっくり頭巾に手をかけ、ぱっと上げて慌てた様子でコーヒーをひとくち口に含み、また引き下げた。

……あ、わかっちゃった。

頭巾の理由も喋らない理由も。

「……主さま、女性《にょしょう》でありんすな？」

ごめんなさい、ごめんなさい、と二十歳くらいの女性がひたすら謝る。

彼女がしてたのは忍者のコスプレじゃなくて侍姿の男装だった。

「謝らんでもようござんす。それよりいかでこたあことをしたかお話しなんしなり」

「お会いしたかったんです！　華鬘《けまん》の役の山吹さまに！」

おう……またリアクションに困るの来たよ……。

「何度も何度もあのお芝居を見に行きました。父にねだって山吹焼きや景気《ケーキ》も買ってきてもらいました。山吹さまと同じ簪《かんざし》も挿しました。でもやっぱり山吹さまに会いたくて……父の着物をこっそりと借りて……」

「お武家さまの娘御がこたあとこに来ちゃあなりんせん。[213]お内儀さんや男衆に見つかれば大変なことになりんすよ」

「それでも、ああ……江戸中の憧れの山吹さまが目の前で話していらっしゃる……！　役者なぞよりよほど綺麗《きれい》……！」

「人の話を聞きなんし！　女だとわかればお父上まで累が及びんす。見れば良い服を着ておりんす。お父上も身分のある方でござんしょう」

「はい！　父は……」

「言いささんすな。わっちはなにも見ておりんせん。ただいつものように揚げられただけでありんす。頭巾の下になにがあるかも知りんせん。でなければ、わっちは主さまを叩《たた》きださねばならなくなりんす」

「それはいやです」

わあ、きっぱり。

この自己主張の強さ、なんか現代の子を思い出したわ……。

「ならばわっちの言うことをよく聞きなんし。主さまは男、男でござんす。今日のことはお父上にも口外しちゃあなりんせん。着物を借りたことには自身でなにやら口上《こうじょう》[214]をつけなんし」

「そうすれば一緒に景気を食べてくださいますか？」

213　江戸後期にはだいぶ規制が和らぎましたが、遊郭は女客禁制が不文律です。特に嫁入り前の娘が一人で登楼したりすればどのような噂が立つかわかりません

214　ここでは「理由」「言い訳」

「わかりんしたわかりんした、ともに食べささんすゆえに大声を出しんすな」

「嬉しい！　山吹さまと景気が食べられるなんて……あ、恋秘《コーヒー》をおつぎしてもいいですか？」

「……もう勝手にしなんし……」

あたしは目の前で喜々としてコーヒーを盃に注ぎ、嬉《うれ》しそうな顔でケーキを食べる女性をげんなりした思いで見守った。

……芝居になってから、プラスとマイナスを比べれば、確実にマイナスの方が大きい気がする……。

それからあたしは危なっかしいその子を大門まで見送って、もう二度と男のふりをして廓《くるわ》に来ないように言い含めた。

わかってくれたかは微妙だけど……次からは遠慮なく叩き出《だ》すからね！

「おかえり、山吹。あの変な客はどうだったえ」

廓《みせ》に戻ると、心配そうにしていたお内儀さんに声をかけられる。

「見かけどおり、変わった方でありんした……」

そう言ってあたしはため息をついた。江戸時代に来て、はじめて負けた気がした。

＊＊＊

そんなこんなで変わったお客さまたちに戸惑ったりしつつも、日々はそれなりに穏やかに過ぎていく。でも、その穏やかさとは正反対に、あたしの中には自分でもどうしようもない衝動が膨らんでいた。

おいしいものが食べたい！　江戸のお料理が食べたい！

出前じゃなくてお店で食べたい！

いや、別にあたしの食欲だけの話じゃないからね？　ね？　ほら、桜と梅の福利厚生的にもね？

昨日の夜見世のお客さまは粋な方だったので早く帰られたからあたしも桜も梅もたっぷり寝てるしねー。[215]

215　居続け（朝までいること）より、大門が閉まる前の早めに帰る客の方が粋だとされていました

あ、吉原《よしわら》の遊女の休日は、年二日と生理休暇のみで超絶ブラックだったとか言われるけど、江戸時代の奉公人一般はみんなそんなもんだったから、この時代ではそんなにブラックじゃないんだよー。

商家の奉公人は月二日とお盆と正月くらいしか休みがないし、奉公したての丁稚《でっち》さんなんかだとそれもちゃんと取れたかよくわかってない。しかも住み込み雑魚寝でこき使われて勤務時間も超長いし。大工さんとか建築業は頼まれた家が完成するまで雨の日以外は休みなしだし。

だから、自分だけの座敷《ざしき》があって、お客さまがいなければそこで営業の手紙を書いたりお稽古してたり自由にできる花魁《おいらん》の方が、条件面ではよっぽどマシかも。まあ切見世の遊女なんかは丁稚さん並みのブラックだけど……。

とにかく、江戸時代に休みがきっちり取れて、勤務時間短くて、超絶ホワイトなのはお武家さまだけ。

「桜、梅、昨日は早仕舞いでござんしたから、わっちの供をしやんせんか」

「あい。どこへ行きささんすか」

「蕎麦《そば》をたぐりに行きんす」

「蕎麦？　そたあもの、わっちらが買いに行きんす！」

「わっちは蕎麦屋の店先で熱いのをたぐりとうござんす。それだけじゃありんせん。ももんじ屋で焼き鳥を食《は》んで、最後は竹村伊勢《たけむらいせ》で好きなだけ菓子を買って、山口巴屋《やまぐちともえや》で茶を飲みんしょう」

「竹村伊勢……」

「好きなだけ……」

「『行きんす！』」

「桔梗《ききょう》殿、桔梗殿、昨晩はよう寝れんしたか」

「……お茶ひきだったわっちに喧嘩《けんか》を売っておりんすか……」

「おりんせん、おりんせん。知らぬこととはいえ、失礼いたしんした。いやな、桜と梅を連れて出かけるので桔梗殿もどうかと思いんしてな」

「……わっちは行きとうありんせんなあ」

「さよで……」

「されど椿《つばき》の息抜きにはいいかもしやんせん。まあ、仕方ない、よござんすよ」

……ツンデレめ！

でも椿ちゃんがにっこり笑うと可愛《かわい》いからよし！

「では、おのおの手ぬぐい三枚持ちなんし」

「手ぬぐい……？　湯屋[216]へはもう行きんした」

「いな、湯屋ではござんせん。まあ、ついてのお楽しみでござんす」


「蕎麦？　ここで？」

第一の目的地のお蕎麦屋さんに入ると、桔梗がきょとんと目を見開く。

「あい。わっちはうでたて[217]が食べとうて」

「花魁が蕎麦屋で……それこそ禿《かむろ》に行かせれば……」

「それではのびてしまいんす。花巻の海苔《のり》もしおたれて……。まあ食べとうなければようござんす。あ、わっちには花巻を。桜と梅は……あい、この子らにはしっぽく[218]とあられ[219]を」

少し待つと目の前には憧れのできたての花巻蕎麦が置かれて……うー！　海苔のいい匂い！　汁はアツアツ！　やっぱできたては違うー！　と、着物を汚さないように厳重に手ぬぐいでガードしながらつるつるとたぐりこむ。

はじめは「いいの？」って顔をしてた桜と梅も、あたしが遠慮なく食べはじめたのを見て、可愛らしくお蕎麦をたぐりだした。

すご……手作り浅草《あさくさ》海苔の迫力……！　できたてだからまだパリッとした部分も残ってて……海苔の味が濃厚で……やば……マジうま……！　現代じゃ絶対食べられない！

これはお蕎麦そのものの味を楽しむっていうより、海苔と蕎麦つゆのフュージョンにゆでたてのお蕎麦の歯ごたえを添えてって感じ！

夢中で食べてたら、隣の桔梗が「わっちらにもしっぽくを……」と小声で頼んでるのが聞こえた。

だからもう、ツンデレめ！

「まあ、たまにはよござんすな」

店を出て、ふう、とおなかをさすりながら桔梗が言う。

ふーん、そのおいしかったー！　満腹ですー！　って顔はなにかなー？

まあ聞かないであげるけどー？

「うでたての蕎麦は格別でござんしょう？」

216　お風呂屋さん

217　ゆでたての東京方言。現代ではほとんど使われず、逆に地方の方言として残っています。ただし辞書にも載っているので純粋な方言ではありません

218　卓袱料理から来ています。様々な具を載せたお蕎麦で江戸時代ではメジャーなものでした。載せる具は種々ありましたが、一般的にはしいたけ、かまぼこ、卵焼きなどを載せたお蕎麦です

219　小さな貝柱をたっぷり散らしたお蕎麦です。江戸時代のメジャーな物です

「……当たり前のことを聞きんすな。のう、椿」

「あ、あい！　おいしゅうござんした！」

「ま、わっちの禿もこたあ言っておりんすしの。さて、次はどこへ？」

「ももんじ屋で焼き鳥を……」

「……その……それだけはやめてくだしんせんか」

桜がものすごく思いつめた顔であたしの言葉を遮った。

梅も泣き出しそうな顔でじっとあたしを見てる。

姉女郎に逆らうなんて絶対しないと言ってるこの子たちにとっては、これはかなりの覚悟を決めてのことなんだろう。

「……山吹どん、わっちら考えんしたが、ももんじ屋は着物に匂いがつきんす……見世の前にそれだけは堪えてくだしんせんか」

あ。

これは桜と梅が正しい。

そういえばあたしは現代では出勤前に焼肉とか絶対行かんかったし。

花魁の服に焼き鳥の匂いがついてたらお客さまだって興ざめだよね。現実思い出しちゃって。

うん。うちは花魁。高額で幻の上流階級の夢を売る女。

歌舞伎町のキャバ嬢じゃなくなって、吉原一の花魁、鉄火山吹とちやほやされて気が緩んでたかも。反省。

「さよでおりんすな。止めてくだしってありがとござりんす。見世で醜態をさらすところでありんした。それでは今日は竹村伊勢で菓子を買って、山口巴屋で一息といきんしょう。ももんじはまた今度。……わっちは気の利く良《い》い禿に恵まれんした」

桜と梅がほう、と息を吐く。

よほど緊張してたんだろう。

ごめんね。ありがとね。いつもたくさん助けてくれるね。

あたしも絶対恩返しするからね……。

気を取り直して。

女子がスイーツに弱いのは何百年前だって同じ！

ほら、桔梗だってなんか嬉しそう。

「桜、梅、好きなものを頼みんしな。日頃の奉公の褒美でおりんす」

「……椿も、なんでも買うてやりんしょう。遠慮なぞささんすな」

桔梗に言われて、え、と椿ちゃんが驚いた顔をする。

それから、にこー！　と満面の笑みを浮かべた。

可愛い。

最近の椿ちゃんは大人びた……といえば言葉はいいけど、なんとなく暗い影が取れてきて、すごく可愛いんだ。

まあ巳千歳でいちばん可愛い禿はあたしの桜と梅だけどね！

わいわいと店先でお菓子を選ぶ禿三人……絵になるなあ。

着物も結い上げた髪もなにもかもが華やかで、鮮やかで、これぞ江戸の良さって感じ……。こういうのも錦絵にしてくれないかなあ…。あたし絶対買うのに……。

「桔梗殿は？」

「竹村伊勢なら最中の月と決まっておりんしょう。それに羊羹《ようかん》でも一棹《ひとさお》……」

「さよでありんすなあ。最中の月は買うて帰らねば。ああ、茶を飲むなら焼き団子、桔梗殿にも一串……」

「あれ、そのくらい自分で」

「なんのなんの、わっちが買いたい気分でおりんすれば。誘ぅたのはわっちですえ」

「ならばわっちは山吹殿に羊羹を……竹村伊勢は最中の月ばかりではありんせん」

「それは良いことを聞きんした。ありがたくいただきんす。……二人も決まりんしたか。

ならば御店主、これから言いつけささんすもの、包んでくんなんし」

「あれ、椿、遠慮なぞささんすなとわっちは申しんした。なにゆえ桜と梅より包みがちいそうおりんすか」

「桔梗どん……あちらは二人連れでおりんす……」

小声で桔梗の袖を引く椿ちゃん可愛い！

でもそれではっと目を見開く桔梗も可愛いじゃん！

「そ、そたあこと承知の上でありんす。椿は欲がないゆえに仕様がなく声をかけただけでおりんすえ」

ふん、とそっぽを向きながら照れ隠しに速足で店を出ていく桔梗もいいじゃん！　いいじゃん！

今みたいにただの上品路線で行くより、こういう路線で行った方が桔梗は絶対いいよ！桔梗はオリエンタルビューティでクールな人形みたいな美人だもん。それがちょっとしたときに人間らしい顔見せたらお客さまも萌《も》えるって！

ギャップ萌えってすごい需要あるんだから―！

なんて思いながらあたしも店を出たとき、「おい」と酒焼けした感じの悪い声が降って

220 羊羹は一本や一個ではなく一棹、二棹と数えます。これは江戸時代から始まりました。羊羹を固める道具が「船」と呼ばれたことから「船」なら「棹」であろうという言葉遊びから広まったとされています

きた。

反射的に拳を握る。

なんだか嫌な予感がした。

目の前にいたのは食い詰め浪人[221]風の二人。

そのうち一人が梅を腕にかかえていた。

梅は抵抗する気力もないのか、泣きそうな顔であたしを見てるだけ。

「おう」

「おまえら巳千歳の山吹と桔梗だろ？」

「だからなんだえ。さっさとその手を離しんしな」

「おまえら、たかが女郎の癖に揚げ代が高すぎるとは思わねえか。張見世にも出ねえから、つらを拝むこともできやしねえ」

「張見世もひやかしなんぞお断りでおりんすよ。わっちらに会いとうなったらお大尽[222]になってから来なんし」

「小生意気な口を聞きやがる。女郎の分際でよぉ」

「俺たちはこれでも名の売れた御家中の……」

「そこでしくじりささんして放逐されたのでござんしょう。見ればわかりんす。さあ、梅をお放し」

「放してほしけりゃちょいと俺たちについてきな。なあに、普段することをするだけだ。傷もつけねえで帰してやるよ」

「梅を放すのが先でおりんす」

ハン、と男の一人が鼻で笑った。

「鉄火山吹も今巴《いまともえ》も信じちゃあいねえが、万が一ってこともある。餓鬼は返せねえなあ」

……こんのドクズ……！　マジ最低。ぶちのめしてやる。

ギリッと歯《は》嚙《が》みしたあたしの後ろから、桔梗が心配そうに声をかけてくる。

「山吹殿……」

「安心なんし。梶井《かじい》さまに比べたら、こたあのは木端侍でござんす。ただ梅が……」

そう、梅が人質に取られてる限り、あたしもいつもみたいに自由には動けない。

せめてなにか、あいつらのところまで届く武器があれば……。

あたしはヤンキー時代のケンカの履歴を頭の中に蘇《よみがえ》らせる。

考えて、考えてあたし。

221 食い詰め自体はただの貧乏や不真面目なせいで貧乏になったことをさします。浪人は藩の御取り潰しで勤め先がなくなったり、クビになった武士です。あわせると貧乏元武士のような感じです

222 お金持ち

こういう目に遭ったこと、あるよね。

あ、そうだ。あのときはビニール袋に缶チューハイを入れてロングレンジから殴ったんだっけ。あれならいける！

「……わかりんした。まあお武家さま、急《せ》いてはことを仕損じると言いんすえ。ちょいと待ちんしな」

「おお、おお、素直になったじゃねえか。矢張り鉄火山吹なんぞ廓《くるわ》が箔《はく》をつけるための名前だな」

「ただわっち、すぐ癪《しゃく》[223]を起しんす。印籠[224]の薬を飲む間だけくだしんす」

そう言いながら、あたしはなんとなく胸元にしまっていた印籠を取り出し……それを手ぬぐいに包んで梅を抱えている男の方に振りかぶった！

ガコッといい音！

やった、命中ー！　印籠って固いもんね！　そこに遠心力がついたらチューハイの缶より強いかも！

うごぉっと汚い声を上げて、目のあたりを強く打たれた男が両手で顔を覆う。

よし！　梅を抱えていた腕がはずれた！

バカだね。人体の急所をがら空きにしとくからだよ！

「梅、お逃げ！　桔梗殿、桜、椿、会所[225]へ人を呼びに行ってくんなんし！」

「くっそ……この女郎がぁ……！」

「安心なんせ！　梅がおらんせんならこたあ相手わっち一人で充分でござんす！」

「あ、あい！」

その場から立ち去る桔梗たちを見送って、あたしは邪魔な三枚歯の高下駄《たかげた》[226]を脱いだ。

「鉄火の山吹を怒らかした[227]こと、後悔しなんし」

「黙れ女郎！　貴様こそ、刀持ちに逆らったこと思い知れ！」

浪人たちが刀を構える。

なんだよ、梶井さんに比べたら天と地じゃないか。殺気もなにもかも見えない！

「相手は女で素手だ！　さっさとやっちまえ！」

「素手だとわっちがいつ言いんした！」

223　急にお腹が激しく痛むこと。江戸時代によく使われた言葉です

224　「目に入らぬか！」の時代劇のイメージが強いですが、用途としては薬入れです

225　会所は吉原への出入りを管理しています。吉原内の犯罪者の捕縛は基本的に吉原の自治組織によって行われていました。捕縛された者は、会所により奉行所に渡されることが多かったようです

226　花魁の履く下駄。重く、バランスも悪いため、うまく歩くには練習が必要でした

227　怒らせたの古語です

あたしは下駄《げた》の鼻緒に指を通し、ちょうどボクシングのパンチングミットのように構える。

クソ重い下駄がこんなときに役に立つなんてね！

振りかざされた刀を片手の下駄で受け止めて、もう片方の下駄を思い切り男の顔に叩《たた》きつける。

鮮血が宙に飛んだ。

それと同時に男がどうっと地面に倒れ込む。

かまうもんか。お家《いえ》のためでもない、プライドのためでもない、ただの欲だけ、そんな奴《やつ》には容赦しないよ！

「てめえ、この……っ！」

もう一人の浪人も刀を振りかぶって来るけど、その刃先は震えてた。

「怖うござんすか。されど梅はもっと怖い思いをいたしんした！」

刀の刃先を下駄の歯の間にわざと突き刺させて、あたしは男との距離を詰める。

「わっちは鉄火山吹、今巴。わっちにいくさをしかけたこと、死ぬまで後悔しなんし！」

そう告げてから、空いてる方の手の下駄を捨て、素手で男の腹に思い切りパンチを入れる。何発も。

得物なんか使ったらあたしの気が済まなかった。

ゆらりと揺れた体に足払いを食らわせて、そのまま男を地面へと引き倒す。

そして、その手から刀を奪い、無様に倒れた二人の首を両断するようにその上に置いた。

「殺してやりたい。されど同じ獣になるのは真っ平御免。御白州《おしらす》[228]で裁きを受けなんせ」

＊＊＊

「というわけでござりんした。ああ、一働きしたあとの最中の月は格別でありんすなあ」

約束通り、山口巴屋の上席を取って、あたしたちはスイーツ女子会の続きをしていた。

「一働き……あれが一働き……尋常じゃああありんせん」

「本物のお武家さまに比べればああたもの、塵芥《ちりあくた》でござんすよ。のう、桔梗殿、ありがとうござりんした」

「わっちは会所から人を呼んだだけのことでおりんす」

「腰の立たぬ梅をかかえて行ってくだしんしたとか。さすがのわっちも人質を取られては動けはしやんせん。助かりんした」

「……山吹殿には、まあ、世話になりんしたかと問われれば、多少は世話になっておりん

228　現代の裁判所のようなもの。白い石が敷き詰められていたので御白州です

すからなあ……あとあと貸し借りなしにするためでささんす」

「これは桔梗殿らしい。……梅も桜もあの場でよう泣かんとこらえんした。こたびはわっちのせいでこたあことに巻き込みんしたこと、詫《わ》びのしようもありんせん」

「詫びなど」

「そんなそんな……山吹どんがおらんせんば、わっちらどうなっていたことやら……」

「椿にも気苦労をかけんした。さ、ここはわっちが礼代わりに馳走《ちそう》いたしんす。山口巴屋は饅頭《まんじゅう》もおいし[229]とか。それに固くならぬうちに竹村伊勢の焼き団子を……」

「あ、それはわっちの分でござんす」

「桔梗殿、心配ささんせんでも人頭分《にんとうぶん》ありんすよ。さ、桜、梅、食べなんし。椿も。狼藉《ろうぜき》者のことはもう忘れんしな。お座敷《ざしき》で話すことが増えんしたと思いなんしえ」

それからあたしは黙ってしまった梅を膝に乗せる。

「もうなにも怖いことはありんせん。地獄の獄卒が来てもわっちが守りんすからなあ……」

ふえ、と梅がはじめて泣き声を上げた。

「山吹どん、申し訳ござりんせん……わっち、まことは怖うて……！」

「気にすることはありんせん。あれで怖がらぬ女子の方がおかしゅうありんすよ、のう、桜」

梅の肩をぽんぽんと叩いて桜を見やると、桜も「あい」と勢いよくうなずく。

「吉原広《よしわら》しといえど、ああたことができるのは山吹どんだけでおりんす！」

……それは褒めてるの？

うーん……微妙だー……。まあ褒めてくれてると思おう。でないとなんか妙に悲しくなりそう。

仕方ないよね。だってああいう場に出会うと元ヤン魂が燃えちゃうんだもん。

「さ、梅、茶を飲んで饅頭を……あ、桔梗殿、それはわっちの焼き団子！」

「目ざとい方でおりんすなあ」

「人頭分あると言いんしたでござんしょう！　足りねばすぐにわかりんす！」

「ああ、なんとも食い意地の張ったお職でささんすこと」

「それはわっちの台詞《せりふ》でござんす！」

ふっと梅が笑った。桜も、椿ちゃんも。

明るい空の下。ちょっとしたアクシデントはあったけど、吉原食べ歩き女子会は楽しく幕を閉じた。

またこんな風にみんなで遊びたいなーなんて思いながら。

番外編　紅椿花魁《べにつばきおいらん》昔語り

山吹《やまぶき》どんと桔梗《ききょう》どん……？

あれまあ、懐かしい名前でござんすなあ。

なに？　二人の話が聞きたい？

よござんす。桔梗どんはわっちの姉女郎。山吹どんも、もう一人の姉女郎のようなもの。

たまには昔語りもようござんしょう。

そうそう、うちの桜花《おうか》花魁と梅香《ばいか》花魁も山吹どんの妹女郎でありんすえ。こちらの二人も相当に商《あきな》っておりんす。まあ、山吹どんの教えがあればどの廓《みせ》に行っても安心でござんしょうが。

え、今はわっちらが巳千歳《みちとせ》名物三枚お職と呼ばれている？　あれ恥ずかしい。桔梗どんや山吹どんが聞きんしたら、どんな顔をなさるやら……。

ええ。さよでござんす。山吹どんの武勇伝はみな嘘《うそ》のようなまこと。わっちもこの目で見ておりんしたから、間違いはありんせん。

山吹どんはたいそう勇ましい方で……されど顔かたちはあくまで嫋《たお》やか……大名衆が入れ揚げるのも、よう腑《ふ》に落ちる方でありんした。

桔梗どんは……気性の激しい方でありんしたが、あるとき憑《つ》き物《もの》が落ちたように穏やかになりんしてなあ……。

もともと美々しい方ではおりんしたが、それにさらに磨きがかかりんして、武家には山吹、商家は桔梗と、それこそまさに巳千歳の二枚お職……。禿《かむろ》のわっちらも鼻が高うござんした。

ほんに楽しい……禿修行の身で楽しいなぞ口はばったいことではありんすが、楽しかったとしか言えやしやんせん。まだあの頃は、お内儀さんの腰もまっすぐで……。

山吹どんがこさえささんした南蛮の料理を皆で食《は》むのも、桔梗どんに舞いを習いんすのも……わっちらの楽しみでありんした。今のわっちらがありんすのも、お二方の教えの賜《たま》物《もの》でござんす。

ふふ、あのお二方の話をしていると、禿の椿《つばき》に戻った心持でおりんすな。ええ、わっちら、今でも互いを椿、桜《さくら》、梅《うめ》と呼びあいまする。なにやら、それ以外はどうにもしっくりきやんせん。

山吹どんと桔梗どんのその後？

そたあことは主《ぬし》さまも存じてござんしょう？

え、花街の噂《うわさ》ではなく、わっちの口からまことを聞きたい？

それは野暮というもの……ただ、ええ、ただ、お二方はそれはそれは幸せになりんした。

それだけは、間違いのうござんすよ。

さ、恋秘《コーヒー》が冷めんす。はよお飲みなんせ。山吹どん直伝の味、ちいとも変わっちゃおらんせん。

紅椿《べにつばき》の昔語り、お粗末さまでござんした。

〈参考文献〉

『日本古典文学体系』岩波書店
『訳文万葉集』森淳司・編　笠間書院　一九八〇年刊
『Hand book for young Ladies』旺文社・日本学生会館
『元禄御畳奉行の日記─尾張藩士の見た浮世』神坂次郎・著　中央公論社　一九八四年刊
『平七の見た江戸─『江戸名所図会』でたどる「平七捕物帳」』岡本綺堂・著　今井金吾・編　河出書房新社　一九九九年刊
『平七捕物帳』シリーズ　岡本綺堂・著　光文社　二〇〇一年刊
『江戸の花嫁─婿えらびとブライダル』森下みさ子・著　中央公論社　一九九二年刊

あとがき

はじめまして、こんにちは。

この度は第五回カクヨムコンテスト・キャラ文芸部門で大賞をいただき、こうして作品を形にすることができました。本当に嬉《うれ》しいです。

普段はカクヨムのサイトに作品をアップしています。今作は、カクヨムに掲載している受賞作品を大幅に加筆修正したものです。

ただ、ヒロインである山吹《やまぶき》の突き抜けた個性は変わっておりません。現代と過去の二つの花街で、華麗に、自由に生きる山吹とお付き合いいただければ幸いです。

初めて尽くしの私に優しく寄り添ってくださった編集さま、ありがとうございました。こんなにきちんとした物語になったのは、丁寧にアドバイスをくださった編集さまのおかげです。イラストを描いてくださったファジョボレさまもありがとうございます。江戸のアイドルだった花魁を、作者の私がびっくりするくらいイメージ通りに描いていただけたことには喜びしかありません。励ましてくれた家族も、ありがとう。

私にいつもたくさんのイマジネーションをくれるバンド、the Raid. さまにも感謝をいたします。楽曲の数々はいつも私を励ましてくれました。

最後に、この本を手に取ってくださった読者さまに、心からの「ありがとうございます」を。

小説を書き続けてこれたのは、読んでくださる方々のおかげです。

またどこかでお会いできますように。

七沢《ななさわ》ゆきの

本作はカクヨムに掲載された「ナンバーワンキャバ嬢、江戸時代の花魁と体が入れ替わったので、江戸でもナンバーワンを目指してみる～歴女で元ヤンは無敵です～」を加筆修正したものです。

内容はフィクションであり、実在の人物や団体などとは関係ありません。

また、作中の医療行為は絶対に真似しないでください。これらの記述はあくまでも物語中のものであり、医療情報として保証されてはいません。

お便りはこちらまで

〒一〇二—八一七七
富士見L文庫編集部　気付
七沢ゆきの（様）宛
ファジョボレ（様）宛

富士見L文庫

江戸《えど》の花魁《おいらん》と入《い》れ替《か》わったので、花街《はなまち》の頂点《ちょうてん》を目指《めざ》してみる

七沢《ななさわ》ゆきの

2021年1月15日　初版発行
2024年5月30日　3版発行

発行者　山下直久
発　行　株式会社 KADOKAWA
〒102-8177　東京都千代田区富士見2-13-3
電話　0570-002-301（ナビダイヤル）

印刷所　株式会社 KADOKAWA
製本所　株式会社 KADOKAWA
装丁者　西村弘美

定価はカバーに表示してあります。

●お問い合わせ
https://www.kadokawa.co.jp/（「お問い合わせ」へお進みください）
※内容によっては、お答えできない場合があります。
※サポートは日本国内のみとさせていただきます。
※Japanese text only

ISBN 978-4-04-073912-0 C0193